怪談いろはカルタ

急がばまわれど逃げられず

緑川聖司・作
紅緒・絵

集英社みらい文庫

目次《もくじ》

に

二兎《にと》を
追《お》うものは、
百兎《ひゃくと》に追《お》われる

94ページ

ほ

仏《ほとけ》の顔《かお》も
鬼《おに》になる

119ページ

へ

下手《へた》な
鉄砲《てっぽう》も、
数《かず》うちゃ自滅《じめつ》

139ページ

と

遠《とお》くの
親戚《しんせき》より
近《ちか》くの幽霊《ゆうれい》

162ページ

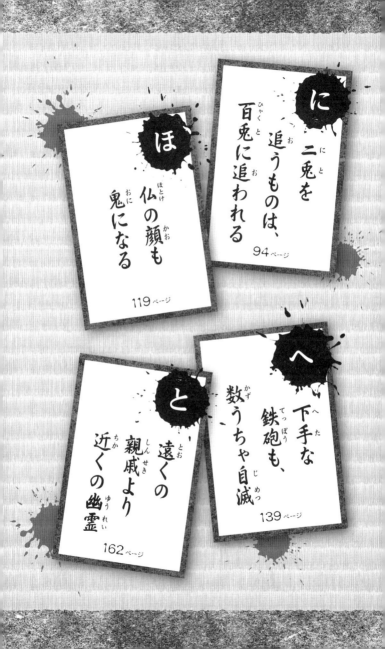

人《じん》物《ぶつ》紹《しょう》介《かい》

立《たち》花《ばな》朱《あか》里《り》

小学《しょうがく》6年生《ねんせい》。お母《かあ》さんとけんかして家《いえ》を飛《と》びだし、あるお屋敷《やしき》に迷《まよ》いこんでしまう。

言《こと》彦《ひこ》さん

はかま姿《すがた》のナゾの少年《しょうねん》。朱里《あかり》が迷《まよ》いこんだお屋敷《やしき》の蔵《くら》の中《なか》で出会《であ》う。

プロローグ

「ひゃっ！」

その木箱《きばこ》を手《て》にした瞬間《しゅんかん》、わたしは悲鳴《ひめい》をあげて、手《て》をはなした。

なにかひんやりとしたものに、背中《せなか》をなでられたような気《き》がしたのだ。

木箱《きばこ》が床《ゆか》の上《うえ》に転《ころ》がって、カツンという大《おお》きな音《おと》が、蔵《くら》の中《なか》にひびきわたる。

あわてて拾《ひろ》いあげると、木箱《きばこ》をしばっていた紐《ひも》がほどけて、ふたが外《はず》れかけていた。

どこかこわれていないかと調《しら》べているうちに、箱《はこ》のうら側《がわ》に、彫刻刀《ちょうこくとう》かなにかで刻《きざ》まれた文字《もじ》を見《み》つけて、わたしは顔《かお》を近《ちか》づけた。

「これ、なんて読《よ》むのかな……言彦《ことひこ》？」

わたしがそうつぶやいたとき、

「呼《よ》んだ？」

とつぜん、後《うし》ろから声《こえ》が聞《き》こえて、わたしはまた悲鳴《ひめい》をあげながら飛《と》びあがった。

「きゃあっ！」

おそるおそるふりかえると、蔵《くら》のすみの薄暗《うすくら》がりに、ぼんやりと人影《ひとかげ》が見《み》えた。

人影《ひとかげ》は、ゆっくりとこちらに近《ちか》づいてくる。

目《め》の前《まえ》にあらわれたのは、ひとりの男《おとこ》の子《こ》だった。

わたしよりも、少《すこ》し年上《としうえ》だろうか。

さらさらの髪《かみ》に、色白《いろじろ》の顔《かお》。形《かたち》のいいまゆの下《した》の切《き》れ長《なが》の目《め》。

お正月《しょうがつ》でもないのに、白《しろ》い着物《きもの》に、黒《くろ》いはかまをはいている。

わたしが金縛《かなしば》りにあったように、動《うご》けないでいると、

「きみはだれ？　どうしてぼくの名前《なまえ》を知《し》ってるの？」

男《おとこ》の子《こ》は、わたしをまっすぐに見《み》つめながら、静《しず》かな声《こえ》で聞《き》いた。

「あ、えっと……わたしは立花朱里《たちばなあかり》、紅林小学校《くればやししょうがっこう》の六年生《ねんせい》です。名前《なまえ》は、この箱《はこ》のうらに
彫《ほ》ってあったから……」

わたしが震《ふる》える手《て》をのばして箱《はこ》をさしだすと、

「ああ、なるほど」

男《おとこ》の子《こ》――言彦《ことひこ》さんは、箱《はこ》を見《み》てわずかに表情《ひょうじょう》をゆるめた。

わたしがホッとしていると、

「それで、きみはここでなにをしてるの？」

言彦《ことひこ》さんはまた、目《め》をするどく光《ひか》らせた。

「あ、えっと、あの……」

わたしはどこから説明《せつめい》しようかと、蔵《くら》の高《たか》い高《たか》い天井《てんじょう》を見《み》あげた。


十月最後《がつさいご》の日曜日《にちようび》。

お母《かあ》さんとけんかして、家《いえ》を飛《と》びだしたわたしは、駅前通《えきまえどお》りをぬけて、あまり通《とお》ったことのない道《みち》を、ぶらぶらと歩《ある》いていた。

けんかのきっかけは、来月《らいげつ》、十二歳《さい》の誕生日《たんじょうび》に買《か》ってもらうことになっていた、スマホのことだった。

一年《ねん》も前《まえ》から約束《やくそく》していたのに、今日《きょう》になって急《きゅう》に、

「やっぱり、まだ早《はや》いんじゃない？」

と言《い》いだしたのだ。

昨夜《ゆうべ》のテレビでやっていたニュース番組《ばんぐみ》の特集《とくしゅう》を見《み》て、ゲームにはまって勉強《べんきょう》しなくなったり、知《し》らない人《ひと》にだまされたりするんじゃないかと、心配《しんぱい》になったらしい。

だけど、ちゃんと話《はな》しあって、勉強《べんきょう》もするし、知《し》らない人《ひと》とは絶対《ぜったい》に連絡《れんらく》をとったりしないと約束《やくそく》した上《うえ》で、やっと買《か》ってもらえることになったのだ。

それなのに、どうして信《しん》じてくれないんだろう……。

腹《はら》が立《た》ったのと、かなしかったのとで、わたしは思《おも》わず、

「お母《かあ》さんのウソつき！」

と叫《さけ》んで、家《いえ》を飛《と》びだしてきたのだった。

怒《いか》りにまかせて、見知《みし》らぬ通《とお》りをどんどん歩《ある》いていたわたしは、だれかに呼《よ》ばれたような気《き》がして、ふと足《あし》をとめた。

そこは、ひときわ大《おお》きなお屋敷《やしき》の前《まえ》だった。

半分《はんぶん》ほど開《ひら》いた門《もん》のむこうに、立派《りっぱ》な玄関《げんかん》が見《み》える。

門柱《もんちゅう》の表札《ひょうさつ》には、かすれた文字《もじ》で〈綾部《あやべ》〉と書《か》いてあった。

知《し》らない家《いえ》のはずなんだけど、なんだか昔遊《むかしあそ》びにきたことのある親戚《しんせき》の家《いえ》を見《み》つけたようななつかしさを感《かん》じて、気《き》がつくとわたしは、門《もん》の中《なか》に足《あし》をふみいれていた。

家《いえ》はシンと静《しず》まりかえっていて、人《ひと》の気配《けはい》は感《かん》じられない。

玄関《げんかん》に続《つづ》く飛《と》び石《いし》の途中《とちゅう》で、わたしは足《あし》をとめた。

庭《にわ》のすみに、まるで時代劇《じだいげき》に出《で》てくるような、昔《むかし》ながらの大《おお》きな蔵《くら》が建《た》っていたのだ。

二階《かいだ》建ての家《いえ》と同《おな》じくらいの高《たか》さがあって、まっ白《しろ》な壁《かべ》に、黒塗《くろぬ》りの立派《りっぱ》な扉《とびら》がついている。

その両開《りょうびら》きの扉《とびら》についている、金色《きんいろ》の輪《わ》っかに手《て》をかけて、グッと力《ちから》をこめると、あっけないほどかんたんに扉《とびら》は開《ひら》いた。

薄暗《うすぐら》い空間《くうかん》にさしこむ光《ひかり》のすじに、ぶわっとほこりが舞《ま》いあがる。

わたしはそっと足《あし》を進《すす》めた。

中《なか》は思《おも》ったよりも広《ひろ》くて、天井《てんじょう》の近《ちか》くに、明《あ》かりとり用《よう》の小《ちい》さな窓《まど》があるのが見《み》える。

奥《おく》には階段《かいだん》がついていて、ロフトのように、二階《かい》の床《ゆか》が張《は》りだしていた。

立派《りっぱ》なタンスに三面鏡《さんめんきょう》、昔《むかし》の足踏《あしぶ》みミシン、子《こ》ども用《よう》の勉強机《べんきょうづくえ》……壁《かべ》にそって、いろんなものがならんでいる。

そんな中《なか》、こけしや日本人形《にほんにんぎょう》がかざられた棚《たな》の片《かた》すみに、小《ちい》さな木箱《きばこ》が置《お》かれていた。ちょうど両手《りょうて》にすっぽりとおさまるくらいの大《おお》きさで、麻縄《あさなわ》みたいなぼろぼろの紐《ひも》が十《じゅう》字《じ》にかけてある。

わたしが吸《す》いこまれるように、その箱《はこ》を手《て》に取《と》ったとき——

「手《て》がすべって、箱《はこ》を落《お》としちゃったんです」

説明《せつめい》を終《お》えると、わたしは深々《ふかぶか》と頭《あたま》をさげた。

「あの……勝手《かって》にはいって、すいませんでした」

顔《かお》をあげると、言彦《ことひこ》さんは無言《むごん》のまま、木箱《きばこ》をじっと見《み》つめていた。

「紐《ひも》……ほどけたんだね」

「あ、ごめんなさい。結《むす》びなおします」

わたしは紐《ひも》を結《むす》ぼうとした。

だけど、どれだけかたく結《むす》んでも、手《て》をはなしたとたん、紐《ひも》はまるで意思《いし》を持《も》った生《い》き物《もの》のように、するするとほどけてしまう。

「おかしいなあ……」

わたしがあせっていると、言彦《ことひこ》さんがスッと手《て》をさしだした。

そして、木箱《きばこ》を受《う》けとると、蔵《くら》の奥《おく》にある、床《ゆか》から一段高《いちだんたか》くなった、六畳《じょう》ほどの畳《たたみ》のスペースにあがった。

「こっちにおいで」

こちらをふりかえって、にこりと微笑《ほほえ》む。

はじめて見《み》る言彦《ことひこ》さんの笑顔《えがお》に、ホッとするよりもむしろ、怖《こわ》さを感《かん》じて、わたしの足《あし》はかたまった。

あそこに行《い》ってしまえば、なにか取《と》りかえしのつかないことになるような気《き》がしたのだ。

言彦《ことひこ》さんは、そんなわたしを見《み》て、こまったように肩《かた》をすくめると、もどってきて、わたしの手《て》をひっぱった。

その手《て》の冷《つめ》たさにおどろいているうちに、気《き》がつくとわたしは、くつをぬいで言彦《ことひこ》さんのむかいに座《すわ》っていた。

「この中《なか》には、なにがはいってると思《おも》う？」

言彦《ことひこ》さんが、そう言《い》って箱《はこ》を目《め》の高《たか》さにかかげる。

「……カルタですか？」

さっき、ふたの隙間《すきま》から、絵札《えふだ》らしきものがチラッと見《み》えた気《き》がしたのだ。

「正解《せいかい》」

言彦《ことひこ》さんはふたを開《あ》けて、中《なか》から札《ふだ》を取《と》りだすと、絵札《えふだ》を畳《たたみ》の上《うえ》にならべはじめた。

「朱里《あかり》さんは、いろはカルタって知《し》ってるかな？」

「あ、はい」

言彦《ことひこ》さんの問《と》いに、わたしはうなずいた。

昔《むかし》はひらがなを「あいうえお」ではなく、「いろはにほへと」と覚《おぼ》えていた。その名残《なごり》で、読《よ》み札《ふだ》がことわざとか格言《かくげん》になっているカルタのことを、「いろはカルタ」と呼《よ》ぶのだ。

言彦《ことひこ》さんはにっこり笑《わら》って、

「このカルタは、〈**怪談《かいだん》いろはカルタ**〉といってね。カルタの一枚《まい》一枚《まい》が、すべて怪談《かいだん》になってるんだ」

と言《い》った。

「怪談《かいだん》……ですか？」

わたしは畳《たたみ》の上《うえ》に広《ひろ》げられた札《ふだ》に、おそるおそる顔《かお》を近《ちか》づけた。

だけど、取《と》り札《ふだ》ははじめの一文字《ひともじ》とイラストが描《えが》かれているだけなので、中身《なかみ》が怪談《かいだん》と言《い》われても、どういう意味《いみ》なのかよくわからない。

わたしが首《くび》をかしげていると、

「とりあえず、やってみようか」

最後《さいご》の一枚《まい》をならべおえた言彦《ことひこ》さんは、そう言《い》って読《よ》み札《ふだ》を手《て》に取《と》った。

「え？　でも……」

とつぜんの展開《てんかい》についていけなくて、わたしがとまどっていると、

「いやなの？」

言彦《ことひこ》さんの目《め》が、怪《あや》しく光《ひか》った。

その目《め》を見《み》て、わたしはゾクッとした。

蔵《くら》の雰囲気《ふんいき》にあまりにもはまりすぎていて、今《いま》まで見《み》すごしていたけど、よく見《み》ると、言彦《ことひこ》さんの服装《ふくそう》はあまりにも時代遅《じだいおく》れ——というより、現実《げんじつ》ばなれしていた。

この人《ひと》は、いったい何者《なにもの》なんだろう……。

じりじりと後《あと》ずさろうとしたわたしは、

「まさか、無断《むだん》ではいっておいて、このまま帰《かえ》るわけじゃないよね？」

口元《くちもと》だけで微笑《ほほえ》む言彦《ことひこ》さんの言葉《ことば》に、まるで背中《せなか》に氷《こおり》の棒《ぼう》をいれられたみたいに、その場《ば》に凍《こお》りついた。

言彦《ことひこ》さんは、そんなわたしを見《み》ながら、

「それじゃあ、怪談《かいだん》いろはカルタをはじめるよ」

宣言《せんげん》するようにそう言《い》うと、よく通《とお》る声《こえ》で札《ふだ》を読《よ》んだ。

「い　急《いそ》がばまわれど逃《に》げられず」

「え？　えっと……はい」

わたしは一応《いちおう》、かけ声《ごえ》をかけてから、目《め》の前《まえ》の札《ふだ》に手《て》をおいた。

カルタはふつう、札《ふだ》を読《よ》む人《ひと》が一人《ひとり》と、取《と》る人《ひと》が二人《ふたり》――最低《さいてい》三人《にん》は必要《ひつよう》なはずだけど、どうやらこのカルタは、速《はや》さや枚数《まいすう》を競《きそ》うわけではなさそうだ。

わたしの手元《てもと》の札《ふだ》を見《み》て、言彦《ことひこ》さんは満足《まんぞく》そうにうなずいた。

「『急《いそ》がばまわれ』は知《し》ってるよね。急《いそ》いでいるときほど、危険《きけん》な近道《ちかみち》より、一見遠《いっけんとお》まわりに見《み》えても安全《あんぜん》な道《みち》を選《えら》んだ方《ほう》がいいっていう意味《いみ》なんだけど……ああ、そうだ」

言彦《ことひこ》さんが、なにかを思《おも》いだしたように手《て》をたたいて、にやりと笑《わら》った。

「言《い》い忘《わす》れてたけど、このカルタ、一度《いちど》はじめたら、途中《とちゅう》でやめられないからね」

「え……」

思《おも》いがけない台詞《せりふ》に、ただ絶句《ぜっく》するわたしをじっと見《み》つめながら、言彦《ことひこ》さんは静《しず》かな口《く》調《ちょう》で語《かた》りだした。

い　急《いそ》がばまわれど逃《に》げられず

ぼくは自転車《じてんしゃ》をこぎながら、十二歳《さい》の誕生日《たんじょうび》に買《か》ってもらったばかりの、文字盤《もじばん》が青《あお》く光《ひか》るうで時計《どけい》にチラッと目《め》をやった。

（間《ま》にあうかな……）

八時《じ》まで、あと十分《じゅっぷん》。

早《はや》く帰《かえ》らないと、いつも見《み》ている音楽番組《おんがくばんぐみ》がはじまってしまう。

塾《じゅく》が終《お》わってから先生《せんせい》に質問《しつもん》していたら、いつもよりも遅《おそ》くなってしまったのだ。

十一月半《がつなか》ばの、冷《つめ》たい夜風《よかぜ》に首《くび》をすくめながら、ぼくはペダルをふむ足《あし》に力《ちから》をこめた。

しばらく走《はし》って、緑ケ丘公園《みどりがおかこうえん》の入《い》り口前《ぐちまえ》まで来《き》たところで、ブレーキをかける。

緑ケ丘公園《みどりがおかこうえん》は、このあたりでは一番大《いちばんおお》きな公園《こうえん》だ。

この公園《こうえん》をつっきれば、家《いえ》まですぐなんだけど、陽《ひ》が暮《く》れてから公園《こうえん》を自転車《じてんしゃ》で通《とお》りぬけることは、学校《がっこう》できびしく禁止《きんし》されていた。

公園《こうえん》の中《なか》は街灯《がいとう》が少《すく》なくて危《あぶ》ないから、というのが表《おもて》むきの理由《りゆう》なんだけど、実《じつ》はもうひとつ、あるウワサがあった。

それは、陽《ひ》が暮《く》れてから自転車《じてんしゃ》で公園《こうえん》の中《なか》を走《はし》ると、幽霊《ゆうれい》があらわれる、というものだ。

そんなウワサ、先生《せんせい》が流《なが》したつくり話《ばなし》だとは思《おも》うけど、たしかに暗《くら》くなると不気味《ぶきみ》なので、ぼくも遅《おそ》くなったときは、外《そと》の道路《どうろ》をまわりこんでいた。

だけど――ぼくはもう一度《いちど》時計《とけい》を見《み》た。

今《いま》から急《いそ》げば、ぎりぎりで番組《ばんぐみ》のオープニングに間《ま》にあうかもしれない。

ぼくは車止《くるまど》めのポールをすりぬけて、公園《こうえん》に自転車《じてんしゃ》を乗《の》りいれた。

まっ暗《くら》な公園《こうえん》に人影《ひとかげ》はなく、ぼくは舗装《ほそう》された道《みち》の上《うえ》を全速力《ぜんそくりょく》でとばした。

芝生広場《しばふひろば》の横《よこ》を通《とお》りすぎると、左手《ひだりて》に池《いけ》が近《ちか》づいてくる。

ここまで来《く》れば、あと少《すこ》しだ――ホッとして、ほんの一瞬《いっしゅん》、視線《しせん》を時計《とけい》にむけたとき、目《め》の前《まえ》にとつぜん黒《くろ》い影《かげ》が飛《と》びだしてきた。

小《ちい》さな男《おとこ》の子《こ》のびっくりした顔《かお》が、すぐ目《め》の前《まえ》にせまる。

手《て》が痛《いた》くなるくらい強《つよ》くブレーキをにぎりしめながら、思《おも》わずギュッと目《め》をつむると、次《つぎ》の瞬間《しゅんかん》、はげしい衝撃《しょうげき》とともに、ぼくは地面《じめん》に投《な》げだされた。

「――ってぇ……」

顔《かお》をしかめて起《お》きあがりながら、街灯《がいとう》の明《あ》かりをたよりに、あたりを見《み》わたす。

だけど、自転車《じてんしゃ》ではねとばしたはずの男《おとこ》の子《こ》の姿《すがた》は、どこにもなかった。

もしかして、じっさいにはそんなに強《つよ》くぶつかってなくて、あのまま走《はし》っていっちゃったのかな……そんなふうに考《かんが》えていると、

「あの……」

いきなり後《うし》ろから声《こえ》をかけられて、ぼくははじかれたようにふりかえった。

いつの間《ま》にあらわれたのか、すぐ目《め》の前《まえ》に、少《すこ》しやつれた感《かん》じの女《おんな》の人《ひと》が立《た》っていた。

この寒空《さむぞら》の下《した》、白《しろ》い浴衣《ゆかた》みたいな服《ふく》を着《き》て、ピンクの薄《うす》いカーディガンをはおっている。

「うちの子《こ》を見《み》ませんでしたか？　四歳《さい》の男《おとこ》の子《こ》なんですけど……」

その言葉《ことば》に、ぼくはドキッとした。

さっき飛《と》びだしてきた男《おとこ》の子《こ》が、ちょうどそのくらいだったからだ。

ぼくがなにも答《こた》えられずにいると、

「この公園《こうえん》にいるはずなんです。いっしょにさがしてもらえませんか？」

女《おんな》の人《ひと》は、ぼくの目《め》をじっと見《み》つめながら言《い》った。

「あ……はい」

ぼくはしかたなくうなずいて、自転車《じてんしゃ》を起《お》こすと、女《おんな》の人《ひと》といっしょにあたりをさがしだした。

そこはちょうど、道《みち》が少《すこ》し広《ひろ》くなった場所《ばしょ》で、左右《さゆう》は暗《くら》い森《もり》にかこまれていて、右側《みぎがわ》には遊具《ゆうぐ》が集《あつ》まった広場《ひろば》が、左手《ひだりて》には金網《かなあみ》にかこまれた小《ちい》さな池《いけ》がある。

さっきの男《おとこ》の子《こ》は、たしか池《いけ》の方《ほう》から飛《と》びだしてきたはずだ。

女《おんな》の人《ひと》が池《いけ》を見《み》にいったので、ぼくは森《もり》をぬけて、広場《ひろば》をさがしたんだけど、男《おとこ》の子《こ》どころか、人影《ひとかげ》ひとつ見《み》あたらなかった。

時計《とけい》を見《み》ると、もう八時《じ》すぎだ。

結局《けっきょく》テレビに間《ま》にあわなかったな……肩《かた》を落《お》としながら、道路《どうろ》にもどったぼくは、ギョッとして足《あし》をとめた。

女《おんな》の人《ひと》が、ぼくの自転車《じてんしゃ》をじっと見《み》ていたのだ。

「あの……ぼく、そろそろ帰《かえ》ります。もう遅《おそ》いし……」

ぼくがそう言《い》いながら、自転車《じてんしゃ》のハンドルに手《て》をかけたとき、

「ねえ……」

女《おんな》の人《ひと》が、静《しず》かな、まるでささやくような声《こえ》で言《い》いながら、ぼくの手《て》をガシッとつかんだ。

その氷《こおり》のような冷《つめ》たい手《て》に、ぼくはのどの奥《おく》で、ヒッ、と悲鳴《ひめい》をあげた。

ふりほどこうとしたけど、女《おんな》の人《ひと》の手《て》はびくともしない。

女《おんな》の人《ひと》は、そんなぼくを見《み》ながら低《ひく》い声《こえ》で言《い》った。

「どうしてかごが曲《ま》がってるの？」

ぼくは自転車《じてんしゃ》の前《まえ》かごを見《み》た。たしかに前《まえ》のところが、なにかにぶつかったように大《おお》きくゆがんでいる。

「ぼ、ぼく、知《し》りません」

ぼくは手《て》をつかまれたまま、ブンブンと首《くび》をふった。

すると、女《おんな》の人《ひと》はぼくにぐっと顔《かお》を近《ちか》づけて、まとわりつくような口調《くちょう》で言《い》った。

「わたし……見《み》てたんだけど」

「なにをですか？」

震《ふる》える声《こえ》でたずねると、女《おんな》の人《ひと》ははげしい怒《いか》りの表情《ひょうじょう》で、たたきつけるように言《い》った。

「おまえがわたしの子《こ》どもをはねたんだろ！」

「うわぁっ！」

ぼくは必死《ひっし》で手《て》をふりはらうと、サドルにまたがって、思《おも》い切《き》りペダルをふみこんだ。

「待《ま》てーっ！」

公園中《こうえんじゅう》にひびきわたるような声《こえ》を背中《せなか》に聞《き》きながら、ぼくは暗《くら》い公園《こうえん》の中《なか》を、全速力《ぜんそくりょく》で走《はし》りつづけた。

「昨日《きのう》のテレビ、見《み》たか？」

次《つぎ》の日《ひ》。教室《きょうしつ》にはいるなり、和樹《かずき》に話《はな》しかけられたぼくは、

「それどころじゃなかったんだよ」

そう言《い》って、昨夜《ゆうべ》の公園《こうえん》での出来事《できごと》を話《はな》した。

「バカだなあ。昔《むかし》から言《い》うだろ。急《いそ》がばまわれ、って」

話《はなし》を聞《き》いた和樹《かずき》は、あきれた顔《かお》を見《み》せた。

「あの公園《こうえん》は、まじでやばいんだから」

「やばいって？」

「もしかして、知《し》らないのか？」

「なにが？」

首《くび》をかしげるぼくの顔《かお》を見《み》て、和樹《かずき》は「ああ」と声《こえ》をあげると、

「そうか。おまえ、最近《さいきん》公園《こうえん》の近《ちか》くにひっこしたばかりだったな」

そう言《い》って、真剣《しんけん》な表情《ひょうじょう》で話《はな》しはじめた。

今《いま》から五年前《ねんまえ》のこと。公園《こうえん》の近《ちか》くにあるアパートに、一組《ひとくみ》の親子《おやこ》が住《す》んでいた。

ある夜《よる》、台所《だいどころ》で洗《あら》い物《もの》をしていた母親《ははおや》がふと気《き》がつくと、子《こ》どもの姿《すがた》が見《み》あたらない。

子《こ》どもはまだ四歳《さい》だったので、一人《ひとり》で外《そと》に出《で》るはずはない、と思《おも》いながらも、念《ねん》のため玄関《げんかん》を見《み》ると、子《こ》どものくつが消《き》えていた。

母親《ははおや》はあわてて部屋《へや》を飛《と》びだすと、子《こ》どもの名前《なまえ》を呼《よ》びながら、公園《こうえん》の中《なか》を走《はし》りまわった。

すると、暗《くら》がりの中《なか》、池《いけ》のあたりから、

「ママ?」

今《いま》にも泣《な》きだしそうな声《こえ》が聞《き》こえてきた。

「そんなところにいたの」

母親《ははおや》は、怒《おこ》るよりもむしろホッとした気持《きも》ちで声《こえ》をかけた。

「ほら、早《はや》く帰《かえ》らないと、パパが帰《かえ》ってくるわよ」

道《みち》をはさんだ森《もり》のかげから、子《こ》どもが顔《かお》をのぞかせる。

「ママー」

泣《な》きそうな顔《かお》に笑《え》みがもどって、道《みち》をわたろうとかけだしたそのとき——

「猛《もう》スピードで走《はし》ってきた自転車《じてんしゃ》が、その子《こ》をはねとばしたんだ」

体《からだ》を強《つよ》く打《う》った男《おとこ》の子《こ》は、手当《てあ》てのかいなく、亡《な》くなってしまったらしい。

「あとからわかったんだけど、その男《おとこ》の子《こ》は、池《いけ》のそばで見《み》つけた捨《す》て猫《ねこ》に、えさをあげにいってたんだって」

自転車《じてんしゃ》に乗《の》っていたのは近所《きんじょ》の高校生《こうこうせい》で、未成年《みせいねん》だし、男《おとこ》の子《こ》が道路《どうろ》に飛《と》びだしたということもあって、たいした罪《つみ》には問《と》われなかった。

それ以来《いらい》、暗《くら》くなってから自転車《じてんしゃ》で公園《こうえん》の中《なか》を走《はし》ると、その男《おとこ》の子《こ》の霊《れい》が飛《と》びだしてくるというのだ。

「それで、その子《こ》のお母《かあ》さんは？」

「たしか、子《こ》どもが死《し》んだのはおまえのせいだって、まわりから責《せ》められて、その上《うえ》、自《じ》分《ぶん》でも自分《じぶん》を責《せ》めて、どこかの病院《びょういん》に入院《にゅういん》したんじゃなかったかな……」

ぼくは、昨日《きのう》の女《おんな》の人《ひと》の服装《ふくそう》を思《おも》いだして、ブルッと身震《みぶる》いした。

あれは白《しろ》い浴衣《ゆかた》なんかではなく、病院《びょういん》の入院着《にゅういんぎ》だったのではないだろうか。

いまだに入院《にゅういん》している母親《ははおや》が、事故《じこ》で死《し》んだ子《こ》どもの姿《すがた》をさがして、夜《よる》の公園《こうえん》をさまよっている――その光景《こうけい》を想像《そうぞう》して、ぼくは、これからはどれだけ急《いそ》いでいても、夜《よる》の公《こう》園《えん》を自転車《じてんしゃ》で通《とお》るのだけはやめておこうと心《こころ》にちかった。

それからしばらくたった、ある日《ひ》のこと。

塾《じゅく》からの帰《かえ》り道《みち》。ぼくは暗《くら》い夜道《よみち》を、自転車《じてんしゃ》で走《はし》っていた。

塾《じゅく》を出《で》たときには、まだかすかに明《あか》るかった空《そら》は、コンビニで漫画《まんが》を立《た》ち読《よ》みしているあいだに、すっかり暮《く》れてしまっていた。

緑《みどり》ヶ《が》丘《おか》公園《こうえん》の前《まえ》までやってきたところで、一瞬《いっしゅん》迷《まよ》ったけど、

(急《いそ》がばまわれ、だよな……)

心《こころ》の中《なか》でつぶやきながら、ペダルをふみこんで、公園《こうえん》の外周《がいしゅう》を走《はし》りだす。

しばらくすると、自転車《じてんしゃ》はちょうど、男《おとこ》の子《こ》が飛《と》びだしてきた場所《ばしょ》の裏手《うらて》にさしかかった。

暗《くら》い森《もり》の奥《おく》に、池《いけ》をかこむ金網《かなあみ》が見《み》える。

道《みち》はのぼり坂《ざか》にさしかかっていたので、ぼくは少《すこ》し前《まえ》のめりになって立《た》ちこぎをしてい

たんだけど、池《いけ》の横《よこ》を通《とお》りすぎたあたりから、急《きゅう》にペダルが重《おも》くなってきた。

おかしいな、と思《おも》ってふりかえると、後《うし》ろのタイヤになにかがからまっていた。

どうやら水草《みずくさ》のようだ。しかも、水《みず》にぐっしょりと濡《ぬ》れている。

不思議《ふしぎ》に思《おも》いながら、自転車《じてんしゃ》をとめて水草《みずくさ》を取《と》っているうちに、昨日《きのう》、和樹《かずき》から聞《き》いた話《はなし》を思《おも》いだして、ぼくは体中《からだじゅう》に鳥肌《とりはだ》がたった。

あのあと、和樹《かずき》が家《いえ》の人《ひと》から聞《き》いた話《はなし》によると、自転車《じてんしゃ》にはねられた男《おとこ》の子《こ》の母親《ははおや》は、入院《にゅういん》してからも、たびたび病院《びょういん》をぬけだしては、子《こ》どもの姿《すがた》をもとめて公園《こうえん》をさまよっていたらしい。

だけど、子《こ》どもの姿《すがた》がないことに落胆《らくたん》して、ある日《ひ》、事故現場《じこげんば》近《ちか》くの池《いけ》に身《み》を投《な》げたというのだ。

ぼくは急《いそ》いで残《のこ》りの水草《みずくさ》を引《ひ》きちぎると、サドルにまたがって走《はし》りだした。

だけど、水草《みずくさ》はぜんぶ取《と》ったはずなのに、ペダルが重《おも》くてぜんぜん前《まえ》に進《すす》まない。

おそるおそるふりかえったぼくは、悲鳴《ひめい》をあげた。

まるで池《いけ》の中《なか》から出《で》てきたみたいに、全身《ぜんしん》ずぶ濡《ぬ》れになった女《おんな》の人《ひと》が、自転車《じてんしゃ》の荷台《にだい》をしっかりとつかんでぼくをにらんでいたのだ。

「は、は、はな……」

はなして、と言《い》おうとするんだけど、のどがつまって言葉《ことば》が出《で》ない。

ガタガタと震《ふる》えているぼくに、女《おんな》の人《ひと》は顔《かお》を近《ちか》づけて、にやりと笑《わら》った。


「逃《に》がさない」


ぼくは自転車《じてんしゃ》からおりると、ハンドルをつかんだまま、めちゃくちゃにふりまわした。荷台《にだい》をつかむ手《て》が、一瞬《いっしゅん》ゆるむ。

そのすきに、ぼくは自転車《じてんしゃ》を方向転換《ほうこうてんかん》させて飛《と》びのると、一気《いっき》に坂《さか》をくだった。

家《いえ》とは完全《かんぜん》に逆方向《ぎゃくほうこう》だけど、あの女《おんな》の人《ひと》からはなれられるのなら、どこでもよかった。

自転車《じてんしゃ》は、くだり坂《ざか》をどんどん加速《かそく》していく。

ちょっと速《はや》すぎるかな、と思《おも》ってブレーキをかけようとしたとき、

「ねえ」

耳元《みみもと》で、子《こ》どもの声《こえ》がした。

「え？」

横《よこ》をむくと、街灯《がいとう》に照《て》らされた服屋《ふくや》のショーウインドーが、鏡《かがみ》みたいになっていて、ぼくと、ぼくの背中《せなか》におおいかぶさっている小《ちい》さな男《おとこ》の子《こ》の姿《すがた》がうつっていた。

ぼくは悲鳴《ひめい》をあげながら、片手《かたて》を背中《せなか》にのばしてふりはらおうとしたけど、なんの手《て》ごたえも感《かん》じられない。

顔《かお》のそばに、また気配《けはい》が近《ちか》づいてきて、体中《からだじゅう》の毛《け》が逆立《さかだ》つのを感《かん》じていると、男《おとこ》の子《こ》は少《すこ》し笑《わら》いをふくんだ声《こえ》で言《い》った。

「あんまりスピードを出《だ》したら……死《し》ぬよ」

「え？」

ハッとして前《まえ》をむくと、いつの間《ま》にか坂《さか》は終《お》わっていて、ぼくは悲鳴《ひめい》をあげるひまもなく、灰色《はいいろ》のブロック塀《べい》につっこんでいった。


「――和樹《かずき》くんが来《き》てくれたわよ」

母《かあ》さんの言葉《ことば》に、ベッドの上《うえ》で体《からだ》を起《お》こしたぼくは、手首《てくび》の痛《いた》みに顔《かお》をしかめた。

手首《てくび》と足首《あしくび》、それから頭《あたま》にも包帯《ほうたい》が巻《ま》いてある。

一昨日《おととい》の夜《よる》、猛《もう》スピードでブロック塀《べい》に激突《げきとつ》したぼくは、自転車《じてんしゃ》から投《な》げだされて、そのまま気《き》を失《うしな》った。

そこに、ちょうど通《とお》りかかった人《ひと》が救急車《きゅうきゅうしゃ》を呼《よ》んでくれたのだ。

さいわい、骨折《こっせつ》とか大《おお》きな怪我《けが》はしてなかったけど、検査《けんさ》のために一日入院《にちにゅういん》して、今日《きょう》、ようやく家《いえ》に帰《かえ》ってきたのだった。

親《おや》にはスピードを出《だ》しすぎて、ブレーキが間《ま》にあわなかった、とだけ言《い》ってある。

トントン、とノックの音《おと》がして、和樹《かずき》がドアから顔《かお》をのぞかせた。

「大丈夫《だいじょうぶ》か？」

部屋《へや》にはいってきた和樹《かずき》は、包帯《ほうたい》だらけのぼくを見《み》て、顔《かお》をひきつらせた。

ぼくは弱々《よわよわ》しく微笑《ほほえ》んで肩《かた》をすくめると、

「急《いそ》がばまわろうとしたんだけど……逃《に》げきれなかったよ」

そう言《い》って、一昨日《おととい》の夜《よる》の出来事《できごと》を話《はな》しだした。

和樹《かずき》はかたい表情《ひょうじょう》で、だまって聞《き》いていたけど、

「まあ、こんな話《はなし》、信《しん》じられないよな」

ぼくが苦笑《にがわら》いを浮《う》かべながら、痛《いた》めた手首《てくび》を包帯《ほうたい》の上《うえ》からさすっていると、

「いや、信《しん》じるよ」

和樹《かずき》の口《くち》から、意外《いがい》な言葉《ことば》がかえってきた。

「え？」

ぼくが思《おも》わず聞《き》きかえすと、和樹《かずき》は無言《むごん》でうでをあげて、ぼくの背後《はいご》を指《ゆび》さした。

顔《かお》は青《あお》ざめて、指《ゆび》がぶるぶると震《ふる》えている。

ぼくはゆっくりとふりかえって——凍《こお》りついた。

まだ夕方《ゆうがた》といってもいい時間帯《じかんたい》のはずなのに、窓《まど》の外《そと》はまるで夜《よる》みたいに暗《くら》い。

そして、その窓《まど》ガラスにうつったぼくの背中《せなか》に、小《ちい》さな男《おとこ》の子《こ》と、ずぶ濡《ぬ》れになった女《おんな》の人《ひと》が、恨《うら》めしそうな表情《ひょうじょう》で、ぴったりとはりついていたのだ。

い

「あの……」

言彦《ことひこ》さんが怪談《かいだん》を語《かた》りおえると、わたしはおずおずと口《くち》を開《ひら》いた。

「今《いま》のお話《はなし》に出《で》てきた男《おとこ》の子《こ》は、やっぱり、通《とお》りぬけ禁止《きんし》の決《き》まりを守《まも》らなかったから、幽霊《ゆうれい》にとり憑《つ》かれたんでしょうか」

「そうかもしれないね」

言彦《ことひこ》さんは小《ちい》さくうなずくと、わたしの手元《てもと》の絵札《えふだ》に目《め》をむけた。

絵札《えふだ》には、おびえた表情《ひょうじょう》で必死《ひっし》に走《はし》って逃《に》げる男《おとこ》の子《こ》の姿《すがた》が描《えが》かれている。

「でも、二回目《かいめ》はちゃんと決《き》まりを守《まも》ったのに……」

「だって、さっきのことわざは――」

言彦《ことひこ》さんは、怪《あや》しく微笑《ほほえ》みながら言《い》った。

「一度目《いちどめ》をつけられたら、いくらまわり道《みち》をしても逃《に》げられない、という意味《いみ》だからね」

「逃《に》げられない……」

その言葉《ことば》のひびきに、背筋《せすじ》がゾクッとしたわたしは、あらためて言彦《ことひこ》さんの姿《すがた》を見《み》なおした。

古《ふる》い蔵《くら》の中《なか》、着物姿《きものすがた》で怪談《かいだん》を語《かた》る少年《しょうねん》――言彦《ことひこ》さんはやっぱり、この世《よ》の人《ひと》じゃないんじゃ……。

わたしが怖《こわ》い想像《そうぞう》をしていると、

「それじゃあ、次《つぎ》にいこうか」

わたしの考《かんが》えを断《た》ちきるように、言彦《ことひこ》さんが読《よ》み札《ふだ》をかまえた。

「ろ　論《ろん》より証拠《しょうこ》に肝《きも》だめし」

読《よ》みおわった言彦《ことひこ》さんが、わたしをじっと見《み》つめている。

「……はい」

その視線《しせん》に気押《けお》されるように、わたしは〈ろ〉の札《ふだ》を取《と》った。

『論《ろん》より証拠《しょうこ》』なら、たしか、議論《ぎろん》をするより、じっさいに証拠《しょうこ》を見《み》せた方《ほう》が早《はや》いっていう意味《いみ》だったと思《おも》うけど……。

「人間《にんげん》はね――」

言彦《ことひこ》さんは、まるで自分《じぶん》が人間《にんげん》じゃないみたいな口調《くちょう》で言《い》った。

「自分《じぶん》の目《め》で証拠《しょうこ》を見《み》ないと、なかなか納得《なっとく》しない生《い》き物《もの》なんだよ」

ろ　論《ろん》より証拠《しょうこ》に肝《きも》だめし

「だから、本当《ほんとう》に見《み》たんだって。あれは絶対《ぜったい》に幽霊《ゆうれい》よ」

わざわざとなりのクラスから乗《の》りこんできて、うでをふりながら力説《りきせつ》する花音《かのん》に、

「六年生《ねんせい》にもなって、なに言《い》ってるんだよ」

帰《かえ》りじたくをしながら、ぼくは冷静《れいせい》に反論《はんろん》した。

「だって、だれも住《す》んでないのに、二階《かい》の窓《まど》で白《しろ》い人影《ひとかげ》が手《て》をふったんだよ」

「車《くるま》のライトが窓《まど》に反射《はんしゃ》したんだろ」

「車《くるま》なんか通《とお》ってなかったもん」

「だったら、自転車《じてんしゃ》かバイクだ」

「自転車《じてんしゃ》もバイクも通《とお》ってなかった」

放課後《ほうかご》の教室《きょうしつ》で、とつぜんはじまった言《い》い争《あらそ》いに、クラスのみんなは「またか」という

目《め》をむけている。

「とにかく」

ぼくは机《つくえ》をバンとたたくと、きっぱりと言《い》いきった。

「幽霊《ゆうれい》なんて、いるわけないんだから」

花音《かのん》がさっきから主張《しゅちょう》しているのは、町外《まちはず》れにある一軒家《いっけんや》のことだ。

その家《いえ》は、何年《なんねん》も前《まえ》から空《あ》き家《や》になっていて、家《いえ》も庭《にわ》もすっかり荒《あ》れはてていた。

となり町《まち》の塾《じゅく》まで自転車《じてんしゃ》で通《かよ》っている花音《かのん》が、昨夜《ゆうべ》、帰《かえ》りにその家《いえ》の前《まえ》を通《とお》りかかったとき、ふとなにかの気配《けはい》を感《かん》じて顔《かお》をあげると、二階《かい》の窓《まど》で白《しろ》い人影《ひとかげ》が、こちらにむかって手《て》をふっていたというのだ。

花音《かのん》とは、母親同士《ははおやどうし》がもともと友《とも》だちで、幼稚園《ようちえん》からのつきあいなんだけど、この幽霊《ゆうれい》好《ず》きというかオカルトマニアなところだけは、いつまでたってもついていけなかった。

ぼくが説得《せっとく》をあきらめて帰《かえ》ろうとすると、

「ねえ、つきあってよ」

花音《かのん》が腰《こし》に手《て》をあてて、ぼくの前《まえ》に立《た》ちはだかった。

「つきあうって、どこに」

「もちろん、幽霊屋敷《ゆうれいやしき》に決《き》まってるでしょ」

「いやだよ、バカバカしい」

「そんなこと言《い》って、ほんとはやっぱり怖《こわ》いんでしょ」

花音《かのん》がかすかに笑《え》みを浮《う》かべながらぼくを見《み》た。

「そんなわけないだろ」

やばい、と頭《あたま》のすみで思《おも》いながらも、思《おも》わず反論《はんろん》してしまう。

「じゃあ、別《べつ》にいいじゃない。今日《きょう》は塾《じゅく》もないんだし」

「う……」

ぼくは言葉《ことば》につまった。

親同士《おやどうし》の仲《なか》がいいので、一週間《いっしゅうかん》の予定《よてい》がつつぬけなのだ。

あきらめて肩《かた》を落《お》とすぼくに、

「まあまあ、論《ろん》より証拠《しょうこ》って言《い》うじゃない。行《い》ってみれば、はっきりするんだから」

能天気《のうてんき》な言葉《ことば》をかけながら、花音《かのん》はぼくの肩《かた》をポンとたたいた。

とりあえず、いったん家《いえ》に帰《かえ》ってカバンを置《お》いてから、近《ちか》くの公園《こうえん》で待《ま》ちあわせることにして、ぼくがふじだなの下《した》のベンチで待《ま》っていると、

「お待《ま》たせ」

十分《じゅっぷん》くらい遅《おく》れて、花音《かのん》がやってきた。

「遅《おそ》いぞ」

「ごめんごめん。これをさがすのに、時間《じかん》がかかっちゃって……」

花音《かのん》はそう言《い》って、肩《かた》にかけたショルダーバッグから、ビデオカメラをとりだした。

「そんなの持《も》っていって、どうするんだよ」

ぼくはあきれ顔《がお》で言《い》った。

「もちろん、幽霊《ゆうれい》を撮《と》るのよ」

「どうせ、なにも出《で》ないって」

「でも、目《め》には見《み》えなくても、機械《きかい》にはうつることがあるかもしれないでしょ」

「昨夜《ゆうべ》は目《め》に見《み》えたんじゃなかったのかよ」

「だって、夜《よる》だったし、明《あか》るいうちは出《で》ないかもしれないじゃない。だったら、暗《くら》くなってから出《で》なおす？」

ぼくはあわてて首《くび》をふって、歩《ある》きだした。

これ以上《いじょう》言《い》い合《あ》いを続《つづ》けたら、本当《ほんとう》に夜中《よなか》の一時《じ》に出なおすとか言《い》いだしかねないのだ。

学校《がっこう》を出《で》たときは、まだ明《あか》るかった空《そら》は、幽霊屋敷《ゆうれいやしき》に到着《とうちゃく》したときには、西《にし》の方《ほう》から少《すこ》しずつ茜色《あかねいろ》にそまりはじめていた。

このあたりは空《あ》き地《ち》が多《おお》いせいか、車《くるま》も人《ひと》もあまり通《とお》らない。

ぼくたちは前《まえ》の道路《どうろ》に立《た》って、建物《たてもの》の二階《かい》を見《み》あげた。

「あの窓《まど》よ」

花音《かのん》が、道路《どうろ》に面《めん》した窓《まど》のひとつを指《ゆび》さす。

「あそこに白《しろ》い人影《ひとかげ》が浮《う》かんで、わたしに手《て》をふってきたの」

「最近《さいきん》になって、だれかがひっこしてきたとか……」

「だれかが住《す》んでるように見《み》える？」

花音《かのん》の言葉《ことば》に、ぼくは家全体《いえぜんたい》を見《み》わたしてから、無言《むごん》で首《くび》をふった。

窓《まど》にはカーテンがかかってなかったし、庭《にわ》の草木《くさき》は荒《あ》れ放題《ほうだい》で、表札《ひょうさつ》は外《はず》されたまま。なにより、門《もん》の留《と》め金《がね》が壊《こわ》れて、ななめになってゆれていたのだ。

「それじゃあ、行《い》きますか」

花音《かのん》は門《もん》を押《お》しあけると、庭《にわ》に足《あし》をふみいれて、スタスタと歩《ある》きだした。

「おい、待《ま》てよ」

ぼくもあわててあとを追《お》う。

花音《かのん》はドアの前《まえ》で足《あし》をとめると、ノブに手《て》をかけて、にこりと笑《わら》った。

「開《あ》いてるよ」

「え？」

花音《かのん》がぐいっとドアノブを引《ひ》くと、ギギッ、ときしむような音《おと》をたてて、ドアが開《ひら》いた。

中《なか》は薄暗《うすぐら》くて、シンと静《しず》まりかえっている。

ここまできたら、花音《かのん》が白《しろ》い人影《ひとかげ》を見《み》たという二階《かい》の部屋《へや》をたしかめて、さっさと帰《かえ》るのが一番《いちばん》だろう。

ぼくがくつをぬいで、廊下《ろうか》に足《あし》をふみだしたとき、となりで花音《かのん》が、

「おじゃましまーす」

と大声《おおごえ》を出《だ》したので、ぼくは危《あや》うくひっくりかえりそうになった。

「なんだよ、いきなり」

「あ、ごめん。びっくりした？」

「当《あ》たり前《まえ》だろ。だいたい、だれもいないのに、あいさつなんかしてどうするんだよ」

「だって、幽霊《ゆうれい》が返事《へんじ》してくれるかもしれないじゃない」

「バカバカしい」

ぼくは、はきすてるように言《い》って、廊下《ろうか》を進《すす》んだ。

「でも、耳《みみ》には聞《き》こえなくても、ビデオには、はいってるかもしれないわよ」

花音《かのん》はビデオカメラをかまえながら、こんな話《はなし》をはじめた。

ある大学生《だいがくせい》のグループが、やっぱりこんな廃屋《はいおく》に、肝《きも》だめしにやってきたときのこと。

その家《いえ》はどう見《み》ても、人《ひと》が住《す》んでる気配《けはい》はなかった。その人《ひと》たちは一応《いちおう》、

「おじゃまします」

と言《い》いながら、中《なか》にはいったんだけど、もちろんなんの返事《へんじ》もない。

それでも彼《かれ》らは、ビデオカメラを片手《かたて》に、

「だれかいませんか？」

「すてきなおうちですね」

などと声《こえ》をかけながら、家《いえ》の中《なか》を探検《たんけん》した。

だけど、結局幽霊《けっきょくゆうれい》を見《み》ることはできないまま、彼《かれ》らは、

「失礼《しつれい》します」

と言《い》って、廃屋《はいおく》をあとにした。

ところが、帰《かえ》ってからビデオを再生《さいせい》すると、

「おじゃまします」

の言葉《ことば》のあとに、

「どうぞ」

と、か細《ぼそ》い声《こえ》で返事《へんじ》が録音《ろくおん》されていた。

震《ふる》えあがりながら、さらに再生《さいせい》すると、

「だれかいませんか？」

のあとには、

「いますよ」

「すてきなおうちですね」

のあとには、

「ありがとう」

と、小《ちい》さいけれど、はっきりとした声《こえ》で返事《へんじ》がはいっていた。そして、最後《さいご》に玄関《げんかん》で、

「失礼《しつれい》します」

と言《い》って帰《かえ》ろうとすると――

「ちょっと待《ま》て！」

「うわっ！」

とつぜんの大声《おおごえ》に、二階《かい》にあがろうとしていたぼくは、もう少《すこ》しで階段《かいだん》をふみはずすところだった。

「野太《のぶと》い男《おとこ》の人《ひと》の怒鳴《どな》り声《ごえ》が録音《ろくおん》されてたんだって」

花音《かのん》がクスクス笑《わら》いながら、話《はなし》をしめくくる。

「大声《おおごえ》でおどかすなんて、ずるいぞ」

ぼくはムッとして、花音《かのん》をふりかえった。

廊下《ろうか》のつきあたりに窓《まど》があるせいか、二階《かい》は一階《かい》よりも少《すこ》し明《あか》るかった。

花音《かのん》が人影《ひとかげ》を見《み》たという部屋《へや》は、間取《まど》りから考《かんが》えると、二階《かい》の一番奥《いちばんおく》のはずだ。

ぼくは、わずかに開《ひら》いているドアに手《て》をかけて、中《なか》にはいった。

「だれかいませんか」

後《うし》ろから花音《かのん》が声《こえ》をかけながらついてくる。

もちろん、返事《へんじ》はないし、窓《まど》ぎわに立《た》っている人影《ひとかげ》もない。

「いるわけないだろ」

ぼくは部屋《へや》の中《なか》を見《み》まわした。

そこはどうやら、子《こ》ども部屋《べや》だったみたいで、子《こ》どもサイズのベッドと姿見《すがたみ》、それに勉《べん》強机《きょうづくえ》が残《のこ》っていた。

窓《まど》から外《そと》を見《み》おろすと、さっきぼくたちが立《た》っていたあたりが、ちょうど真下《ました》に見《み》える。

花音《かのん》が見《み》たのは、この部屋《へや》でまちがいなさそうだ。

「すてきなおうちですね」

花音《かのん》が部屋《へや》のまんなかで、だれかに呼《よ》びかけるように言《い》った。

さっきの怪談《かいだん》のまねをしているのだろう。

「どこがだよ。ぼろぼろじゃないか」

「ちょっと。そんなこと言《い》ったら、怒《おこ》られるわよ」

花音《かのん》があわてた様子《ようす》で言《い》うけど、ぼくは気《き》にせず言《い》いかえした。

「怒《おこ》られるって、だれにだよ」

「だれって……」

不安《ふあん》げに部屋《へや》を見《み》まわす花音《かのん》に、

「幽霊《ゆうれい》なんか、どこにもいないじゃないか」

ぼくはかちほこって言《い》った。

「おかしいなあ……」

花音《かのん》は首《くび》をひねりながら、部屋《へや》の中《なか》を歩《ある》きまわっていたけど、やがて姿見《すがたみ》の前《まえ》で立《た》ちどまった。

「もしかして、これになにかが反射《はんしゃ》してたのかな」

姿見《すがたみ》はドアの横《よこ》——ちょうど窓《まど》のむかい側《がわ》にあるので、外《そと》から強《つよ》い光《ひかり》がさしこんだら、窓《まど》に反射《はんしゃ》してうつるかもしれない。

窓《まど》からはなれて、全体《ぜんたい》を見《み》わたしたぼくは、勉強机《べんきょうづくえ》の下《した》でなにかが光《ひか》ったことに気《き》づいた。

のぞきこむと、銀色《ぎんいろ》の小《ちい》さな指輪《ゆびわ》が落《お》ちていた。

拾《ひろ》いあげると、すごく軽《かる》い。デザインは本物《ほんもの》っぽいけど、たぶんおもちゃだろう。探検《たんけん》の記念《きねん》にするつもりで、ぼくが指輪《ゆびわ》をポケットにしまって立《た》ちあがったとき、

「いないみたいだね」

花音《かのん》が肩《かた》を落《お》として、こちらをふりかえった。

「だから、はじめからそう言《い》ってるだろ」

ぼくは花音《かのん》の背中《せなか》を押《お》すようにして、ドアにむかった。

「ほら、帰《かえ》るぞ」

「……………ええ」

「え？」

かすかに人《ひと》の声《こえ》が聞《き》こえたような気《き》がして、ぼくは足《あし》をとめてふりかえった。

だけど、わずかに西陽《にしび》のさしこむ部屋《へや》には、ひんやりとした空気《くうき》がただよっているだけで、人《ひと》の気配《けはい》はどこにもなかった。

「どうしたの？」

先《さき》に階段《かいだん》をおりかけていた花音《かのん》がふりかえる。

「なんでもない」

ぼくは後《うし》ろ手《で》にドアを閉《し》めて、部屋《へや》をあとにした。


家《いえ》に帰《かえ》って、自分《じぶん》の部屋《へや》で宿題《しゅくだい》をやっていると、花音《かのん》から電話《でんわ》がかかってきた。

花音《かのん》の家《いえ》の前《まえ》で別《わか》れてから、まだ二十分《にじゅっぷん》ほどしかたっていない。

「ねえ。今《いま》からうちに来《こ》られない？」

電話《でんわ》に出《で》ると、花音《かのん》はひどく緊張《きんちょう》した口調《くちょう》で言《い》った。

花音《かのん》のところに行《い》ってくると言《い》って家《いえ》を出《で》ると、外《そと》はもう夜《よる》がはじまりかけていた。

チャイムを鳴《な》らすと、まるで待《ま》ちかまえていたみたいに、花音《かのん》が飛《と》びだしてきた。

そのまま手《て》をひっぱられて連《つ》れていかれたのは、花音《かのん》の部屋《へや》ではなく、なぜか花音《かのん》のお父《とう》さんの部屋《へや》だった。

花音《かのん》のお父《とう》さんはテレビ局《きょく》につとめていて、部屋《へや》にはテレビやビデオやレコーダーがたくさん置《お》いてある。

花音《かのん》は部屋《へや》にはいるなり、ぼくをテレビの前《まえ》に座《すわ》らせた。

さっきのビデオカメラが、テレビにつながっている。

「どうしたんだよ」

わけがわからないまま、ぼくが声《こえ》をかけると、

「とにかく、これを見《み》て」

花音《かのん》はそう言《い》って、ビデオを再生《さいせい》した。

さっきの廃屋《はいおく》の玄関《げんかん》とぼくの背中《せなか》が、大《おお》きな画面《がめん》にうつしだされる。

ぼくが廊下《ろうか》に足《あし》をふみいれた瞬間《しゅんかん》、花音《かのん》の声《こえ》がスピーカーから飛《と》びだしてきた。

「なんだよ、いきなり」

「……………お」

「おじゃましまーす」

「聞《き》こえた？」

ビデオを一時停止《いちじていし》にして、花音《かのん》が聞《き》いてきた。

「なにが？」

「わたしの声《こえ》のあとに、だれかの声《こえ》がはいってたでしょ」

「だれかの声《こえ》って……あれはおれの声《こえ》だろ」

「そうじゃなくて――」

花音《かのん》は少《すこ》しいらだった口調《くちょう》で言《い》った。

「その前《まえ》に、小《ちい》さな声《こえ》が聞《き》こえなかった？」

「さあ……気《き》がつかなかったけど」

花音《かのん》はため息《いき》をついてビデオを操作《そうさ》すると、

「おじゃましまーす」

の直後《ちょくご》でいったん停止《ていし》した。そして、

「いい？　もう一回《いっかい》、よーく聞《き》いてね」

そう言《い》うと、音量《おんりょう》をあげて再生《さいせい》した。


「……どう……ぞぉ……」


ぼくは息《いき》をのんだ。

「ね？　『どうぞ』って言《い》ってるでしょ？」

花音《かのん》が青《あお》い顔《かお》で、ぼくのうでをつかむ。

「まさか」

ぼくはかたい表情《ひょうじょう》で首《くび》をふった。

「なにか、別《べつ》の音《おと》がそれっぽく聞《き》こえるだけじゃ……」

「これだけじゃないの」

花音《かのん》はぼくの言葉《ことば》をさえぎると、音量《おんりょう》をあげたまま再生《さいせい》を続《つづ》けた。


「だれかいませんか」

「いるわけないだろ」

「……いる……よ……」


「すてきなおうちですね」

「……ありがと……お……」

「どこがだよ。ぼろぼろじゃないか」

「……ひど……い……」


ぼくたちの会話《かいわ》の合間《あいま》に、か細《ぼそ》い声《こえ》がはっきりとはいっている。

ぼくは声《こえ》も出《だ》せずに、画面《がめん》にうつる自分《じぶん》の背中《せなか》を見《み》つめた。

探検《たんけん》が終《お》わって、ぼくが玄関《げんかん》でくつをはいていると、先《さき》にくつをはきおえた花音《かのん》が、カメラをかまえたまま家《いえ》の中《なか》をふりかえって、「失礼《しつれい》しました」と頭《あたま》をさげた。

ぼくが息《いき》をのんで、画面《がめん》をじっと見《み》つめていると、今《いま》までよりもはっきりとした声《こえ》がスピーカーから聞《き》こえてきた。


「かえして」


カメラは暗《くら》い廊下《ろうか》をまっすぐにうつしている。

その廊下《ろうか》の奥《おく》から、白《しろ》いもやのようなものが、こちらに近《ちか》づいてくるのが見《み》えた。

ぼくが思《おも》わず座《すわ》ったまま後《あと》ずさると、映像《えいぞう》はとうとつに終《お》わった。

「これ、お前《まえ》が編集《へんしゅう》したんじゃないだろうな」

ぼくは花音《かのん》を見《み》た。この部屋《へや》の機材《きざい》があれば、それぐらいのことはできそうだ。

だけど、花音《かのん》は怒《おこ》ったようなおびえたような顔《かお》で首《くび》をふった。

「そんなこと、するわけないでしょ」

「それじゃあ、これはなんなんだよ」

「わかんないわよ。いきなりかえしてって言《い》われても……」

そこまで言《い》って、花音《かのん》はハッとした顔《かお》でぼくを見《み》た。

「まさか……」

「なんだよ」

ドキッとするぼくに、花音《かのん》は強《つよ》い口調《くちょう》で言《い》った。

「肝《きも》だめしの記念《きねん》とかいって、あの家《いえ》から、なにか盗《と》ってきたりしてないでしょうね」

さすが、幼《おさな》なじみはするどい。だけど、ぼくはなんとか持《も》ちこたえて、

「そんなこと、するわけないだろ」

と言《い》いかえした。

「だいたい、家《いえ》の中《なか》はからっぽで、盗《と》るものなんてなかったじゃないか」

今度《こんど》は花音《かのん》が言葉《ことば》につまる。

「用事《ようじ》がそれだけだったら、帰《かえ》るからな」

ぼくは、罪悪感《ざいあくかん》をごまかすように、わざと怒《おこ》った顔《かお》をして、部屋《へや》を出《で》ていった。

その日《ひ》の夜《よる》。

指輪《ゆびわ》を机《つくえ》の引《ひ》き出《だ》しにいれて眠《ねむ》っていたぼくは、コンコン、というノックの音《おと》に目《め》を覚《さ》ました。

「なんだよ、こんな時間《じかん》に……」

目《め》をこすりながら、ベッドからおりたぼくは、ふたたびノックの音《おと》がするのを聞《き》いて、背筋《せすじ》がスッと冷《つめ》たくなった。

音《おと》は、子《こ》ども部屋《べや》のドアからではなく、窓《まど》の方《ほう》から聞《き》こえてきたのだ。

ぼくの部屋《へや》は二階《かい》で、窓《まど》の外《そと》にはなにもない。

(まさか……)

幽霊《ゆうれい》なんて、いるわけがない。あのビデオは花音《かのん》のいたずらだ……。

祈《いの》るような思《おも》いで窓《まど》に近《ちか》づくと、目《め》を閉《と》じてカーテンを一気《いっき》に開《あ》ける。

おそるおそる目《め》を開《あ》けると——窓《まど》の外《そと》には、だれもいなかった。

きっと、風《かぜ》で飛《と》んできたなにかがぶつかったんだ――ホッとしてふりかえると、そこには半分体《はんぶんからだ》の透《す》けた小《ちい》さな女《おんな》の子《こ》が、ゆらゆらと立《た》っていた。

ぼくが声《こえ》にならない悲鳴《ひめい》をあげていると、女《おんな》の子《こ》はスッと手《て》をさしだして、ビデオと同《おな》じ声《こえ》で言《い》った。

「**かえして**」

「やっぱりね」

ふじだなの下《した》で、花音《かのん》は腰《こし》に手《て》をあてて、ため息《いき》をついた。

「おかしいと思《おも》ってたのよ」

ぼくはかえす言葉《ことば》もなく、だまって首《くび》をすくめた。

今日《きょう》は土曜日《どようび》だったので、ぼくは朝《あさ》から花音《かのん》を公園《こうえん》に呼《よ》びだして、指輪《ゆびわ》のことを正直《しょうじき》に打《う》ちあけていた。

花音《かのん》も昨日《きのう》、映像《えいぞう》を見《み》なおしているうちに、ぼくがなにかを拾《ひろ》ってポケットにいれている場面《ばめん》が、姿見《すがたみ》にうつっていたことに気《き》づいて、気《き》になっていたらしい。

昨日《きのう》と同《おな》じ道《みち》をならんで歩《ある》きながら、花音《かのん》が昨日《きのう》、お父《とう》さんから聞《き》いたという話《はなし》を教《おし》えてくれた。

それによると、今《いま》から十年《ねん》ほど前《まえ》、あの家《いえ》には両親《りょうしん》と八歳《はっさい》になる女《おんな》の子《こ》の三人《にん》家族《かぞく》が住《す》んでいた。

ところがある日《ひ》、買《か》い物《もの》に行《い》く途中《とちゅう》、事故《じこ》に巻《ま》きこまれ、三人《にん》とも亡《な》くなってしまった。

その後《ご》、住《す》む人《ひと》のいなくなった家《いえ》は、親戚《しんせき》が管理《かんり》をひきついだんだけど、どういう事情《じじょう》か、家《いえ》の中《なか》のものを中途半端《ちゅうとはんぱ》に処分《しょぶん》した状態《じょうたい》で、放置《ほうち》されているのだそうだ。

あの指輪《ゆびわ》はきっと、その女《おんな》の子《こ》が机《つくえ》の下《した》に落《お》として、そのままになっていたのだろう。

ぼくたちは昨日《きのう》と同《おな》じように、鍵《かぎ》の開《あ》いたドアから玄関《げんかん》にはいると、身《み》をよせあうようにして二階《かい》にむかった。

部屋《へや》の中《なか》には、やわらかな陽射《ひざ》しがさしこんでいる。

ぼくはポケットから指輪《ゆびわ》を取《と》りだして、机《つくえ》の上《うえ》にそっと置《お》いた。そして、

「ごめんね」

ひと言《こと》あやまって、部屋《へや》を出《で》ようとすると、部屋《へや》の空気《くうき》がふわりとゆれて、うれしそう

な声《こえ》がかすかに耳《みみ》にとどいた。

「ありがとう」


「どう？　信《しん》じる気《き》になった？」

帰《かえ》り道《みち》。ゆるやかなくだり坂《ざか》を歩《ある》きながら、花音《かのん》がぼくの顔《かお》をのぞきこんだ。

「うーん……どうかなあ……」

あっさり認《みと》めるのもくやしいので、ぼくは言葉《ことば》をにごしてごまかした。

「今《いま》から考《かんが》えると、なんだかぜんぶ、気《き》のせいだったような……」

「そっか」

怒《おこ》ると思《おも》ったのに、花音《かのん》はなぜか上機嫌《じょうきげん》で、ぼくのうでをガシッとつかんで言《い》った。

「それじゃあ、次《つぎ》にいこうか」

「え？　次《つぎ》？」

「そう」

花音《かのん》は大《おお》きくうなずいて、

「論《ろん》より証拠《しょうこ》って言《い》ったでしょ？　実《じつ》は、もう一軒《いっけん》、人影《ひとかげ》を見《み》たような気《き》がする家《いえ》があるんだ。えっと、たしかここを左《ひだり》に……」

「いや、もういい。信《しん》じる。やっぱり信《しん》じるよ」

ぼくはあわてて花音《かのん》の手《て》をふりほどくと、後《うし》ろも見《み》ずに走《はし》って逃《に》げだした。

ろ

「幽霊《ゆうれい》の存在《そんざい》を信《しん》じさせるためには、理屈《りくつ》で説明《せつめい》するよりも、じっさいに肝《きも》だめしにつれていった方《ほう》が早《はや》い――そうは思《おも》わないかい？」

「よくわかりません」

わたしは首《くび》をふって、男《おとこ》の子《こ》と女《おんな》の子《こ》が身《み》をよせあって、怪《あや》しげな洋館《ようかん》にはいろうとしている手元《てもと》の絵札《えふだ》に目《め》をやった。

「朱里《あかり》さんは、幽霊《ゆうれい》の存在《そんざい》を信《しん》じてるの？」

「わたしは……」

口《くち》を開《ひら》きかけて、わたしはあわてて言葉《ことば》をのみこんだ。

信《しん》じてない、などと言《い》ったら、言彦《ことひこ》さんがにやりと笑《わら》って、

「これでも？」

と言《い》いながら、スーッと消《き》えてしまいそうな気《き》がしたのだ。

かといって、信《しん》じてます、と答《こた》えるのも、なんだか怖《こわ》い。

「あ、あの……ここは静《しず》かですけど、ほかにはだれもいないんですか？」

わたしはとっさに話題《わだい》をかえた。

ここに来《き》てからずいぶんたつのに、人《ひと》の気配《けはい》がまったく感《かん》じられなかったからなんだけど……。

「うん……ぼく一人《ひとり》なんだ」

言彦《ことひこ》さんは小《ちい》さな声《こえ》でそう言《い》うと、さみしそうに目《め》をふせた。

その様子《ようす》を見《み》ていると、言彦《ことひこ》さんが何者《なにもの》なのかとは関係《かんけい》なく、なんだかかわいそうな気《き》がしてきた。

「ごめんなさい。余計《よけい》なこと聞《き》いちゃって……」

わたしの言葉《ことば》に、言彦《ことひこ》さんは小《ちい》さく首《くび》をふって顔《かお》をあげると、微笑《ほほえ》みながらわたしを見《み》た。

「大丈夫《だいじょうぶ》。朱里《あかり》さんがいるから、今《いま》はさみしくないよ」

「え……」

言彦《ことひこ》さんの言葉《ことば》に、わたしはドキッとするのを感《かん》じた。

言彦《ことひこ》さんは、そんなわたしの様子《ようす》を見《み》ながら、

「それじゃあ、次《つぎ》の札《ふだ》にいこうか」

そう言《い》って、読《よ》み札《ふだ》をかまえた。

「は　化《ば》けの皮《かわ》にとり憑《つ》かれる」

その声《こえ》にさそわれるように、わたしは絵札《えふだ》を手《て》に取《と》った。

「もとはたしか、『化《ば》けの皮《かわ》がはがれる』——正体《しょうたい》がばれるっていう意味《いみ》ですよね？」

「正確《せいかく》には、本当《ほんとう》の自分以上《じぶんいじょう》に、自分《じぶん》のことをよく見《み》せようとして、それがばれてしまうという意味《いみ》なんだけど……」

言彦《ことひこ》さんは、それまでのさみしげな表情《ひょうじょう》とはまったくちがう、怪《あや》しげな笑《え》みを浮《う》かべて続《つづ》けた。

「あまり長《なが》いあいだ、化《ば》けの皮《かわ》をかぶっていると、なかなか脱《ぬ》げなくなってしまうんだよ」

は　化《ば》けの皮《かわ》にとり憑《つ》かれる

「ねえねえ、知《し》ってる？」

放課後《ほうかご》の教室《きょうしつ》で、いつものように理子《りこ》とおしゃべりをしていると、香奈《かな》が興奮《こうふん》した様子《ようす》で飛《と》びこんできた。

「旧校舎《きゅうこうしゃ》のうらに、出《で》たらしいよ」

「出《で》たって、なにが？」

わたしが机《つくえ》にほおづえをついて聞《き》きかえすと、

「決《き》まってるでしょ。これよ、これ」

香奈《かな》は胸《むね》の前《まえ》で両手《りょうて》をダランとぶらさげて、古典的《こてんてき》なお化《ば》けのポーズをしてみせた。

「またぁ？」

窓《まど》ぎわの机《つくえ》に腰《こし》かけていた理子《りこ》が、あきれた声《こえ》をあげる。

香奈《かな》は、怪《あや》しげなウワサ話《ばなし》をしょっちゅう持《も》ちこんでくるのだ。

このあいだも、放課後《ほうかご》のコンピューター室《しつ》を髪《かみ》の長《なが》い女《おんな》の霊《れい》がうろついている、なんて話《はなし》を持《も》ってきたんだけど、結局《けっきょく》、パソコンのメンテナンスに来《き》ていた業者《ぎょうしゃ》さんが髪《かみ》の長《なが》い女性《じょせい》だった、というオチだった。

「今度《こんど》はマジだって」

香奈《かな》は理子《りこ》の肩《かた》をたたいた。

「なにしろ、場所《ばしょ》があの桜《さくら》の木《き》の下《した》で、目撃《もくげき》したのが三年生《ねんせい》の河野《こうの》さんなんだから」

その言葉《ことば》に、わたしたちは顔《かお》を見《み》あわせた。

わたしたちが通《かよ》っているS《エス》女学院《じょがくいん》は、中高一貫《ちゅうこういっかん》の女子校《じょしこう》で、百年以上《ひゃくねんいじょう》の歴史《れきし》がある。

それだけの歴史《れきし》があると、怪談《かいだん》もたくさん伝《つた》わっていて、中等部《ちゅうとうぶ》の一年生《ねんせい》――つまり、今年入学《ことしにゅうがく》したばかりのわたしたちでも、かなりの数《かず》を聞《き》かされていた。

中《なか》でも、旧校舎《きゅうこうしゃ》のうらにある桜《さくら》の木《き》は有名《ゆうめい》で、旧校舎《きゅうこうしゃ》を移転《いてん》するために切《き》りたおそうとしたら、当時《とうじ》の校長先生《こうちょうせんせい》が心臓麻痺《しんぞうまひ》で亡《な》くなったとか、失恋《しつれん》してこの木《き》で首《くび》を吊《つ》った生徒《せいと》の幽霊《ゆうれい》が出《で》るとか……この木《き》にまつわる怪談《かいだん》だけでも、七不思議《ななふしぎ》ができるほどだ。

ちなみに河野《こうの》さんというのは中等部《ちゅうとうぶ》の生徒会長《せいとかいちょう》で、容姿端麗《ようしたんれい》、成績優秀《せいせきゆうしゅう》、品行方正《ひんこうほうせい》、下級生《かきゅうせい》のあこがれのまとだった。

その河野《こうの》さんが、いいかげんな話《はなし》をするとは思《おも》えない。

「それでね、このあいだ、河野《こうの》さんが……」

香奈《かな》が続《つづ》きを話《はな》そうとしたとき、

バンッ！

とつぜん、机《つくえ》をたたく大《おお》きな音《おと》が、教室中《きょうしつじゅう》にひびきわたった。

ふりかえると、窓《まど》ぎわの一番後《いちばんうし》ろの席《せき》で、晴美《はるみ》が立《た》ちあがってこちらをにらんでいた。

「教室《きょうしつ》でそういう話《はなし》するの、やめてくれない？」

「なによ、いきなり」

気《き》の強《つよ》い理子《りこ》が言《い》いかえす。

晴美《はるみ》は額《ひたい》に手《て》をあてて、眉間《みけん》にしわをよせた。

「そういう話《はなし》をしていると、低級《ていきゅう》な霊《れい》がよってきて、頭《あたま》が痛《いた》くなるのよね。みんなには見《み》えないだろうけど」

そのトゲのある言《い》い方《かた》に、なおも言《い》いかえそうとする理子《りこ》の服《ふく》を、わたしはひっぱった。

「やめときなって」

理子《りこ》がしぶしぶ口《くち》をつぐむ。

「ねえねえ」

香奈《かな》がわたしに小声《こごえ》で話《はな》しかけてきた。

「晴美《はるみ》と同《おな》じ小学校《しょうがっこう》だったんでしょ？　あの子《こ》って、昔《むかし》からあんな感《かん》じだったの？」

「うん、まあ……」

けわしい表情《ひょうじょう》で座《すわ》りなおす晴美《はるみ》を横目《よこめ》で見《み》ながら、わたしは複雑《ふくざつ》な思《おも》いでうなずいた。

わたしが晴美《はるみ》とはじめて同《おな》じクラスになったのは、五年生《ねんせい》のときだったんだけど、そのときすでに、彼女《かのじょ》は有名《ゆうめい》な〈自称霊感少女《じしょうれいかんしょうじょ》〉だった。

なんでも、彼女《かのじょ》の遠《とお》い祖先《そせん》には、村《むら》の農作物《のうさくぶつ》の出来《でき》を占《うらな》うような本物《ほんもの》の巫女《みこ》さんがいて、彼女《かのじょ》はその力《ちから》を受《う》けついでいるというのだ。

もちろん、クラスのだれも、そんな話《はなし》を本気《ほんき》では信《しん》じていなかった。

ただ、彼女《かのじょ》はオカルトの知識《ちしき》はものすごくあったので、こっくりさんの正式《せいしき》なやり方《かた》とか、心霊写真《しんれいしゃしん》を除霊《じょれい》する方法《ほうほう》とか、そういう話《はなし》を聞《き》きたいときには頼《たよ》りにされていた。

「霊感《れいかん》なんてないくせに……」

わたしの話《はなし》を聞《き》きながら、ぶつぶつと文句《もんく》を言《い》っている理子《りこ》に、

「まあまあ」

香奈《かな》がなだめるように肩《かた》をたたいて、話題《わだい》をかえた。

「それより、彼氏《かれし》とは最近《さいきん》どうなの？　うまくいってるの？」

「え？　うん、まあね……」

理子《りこ》の表情《ひょうじょう》が一気《いっき》にゆるむ。

彼氏《かれし》というのは、理子《りこ》が夏休《なつやす》みからつきあっている男《おとこ》の子《こ》のことだ。小学校《しょうがっこう》のときの同級生《どうきゅうせい》で、今《いま》は別《べつ》の中学校《ちゅうがっこう》に通《かよ》っている。

彼氏《かれし》の話《はなし》をしているときの理子《りこ》は、本当《ほんとう》にうれしそうで、その様子《ようす》を見《み》ていると「彼氏《かれし》っていいな」と思《おも》えてくるんだけど、理子《りこ》にはちょっとデリカシーがないというか、ひと言余計《ことよけい》なところがあって、話《はなし》の最後《さいご》に決《き》まって、

「みんなも早《はや》く彼氏《かれし》つくった方《ほう》がいいよー」

と自慢《じまん》げに言《い》うのが、少《すこ》しうっとうしかった。

今日《きょう》も、日曜日《にちようび》にいっしょに映画《えいが》を観《み》にいったときの話《はなし》をしながら、ちらちらと晴美《はるみ》の方《ほう》を見《み》ているので、やばいな、と思《おも》っていると、

「やっぱり、霊感《れいかん》とかオカルトとか、気持《きも》ち悪《わる》いことばっかり言《い》ってたら、彼氏《かれし》なんかできないよねー」

あきらかに、わざと聞《き》かせるような音量《おんりょう》で、そんな台詞《せりふ》を口《くち》にした。

はなれたところからでも、晴美《はるみ》の顔色《かおいろ》がかわるのがわかる。

さすがに今《いま》のは言《い》いすぎじゃないかな、と思《おも》っていると、ガタッと音《おと》を立《た》てて、晴美《はるみ》がまた立《た》ちあがった。そして、理子《りこ》をキッとにらみつけて、

「言《い》っとくけど、あなたたち、すぐに別《わか》れるわよ」

いどむような口調《くちょう》でそう言《い》った。

「彼氏《かれし》もいないくせに、なに言《い》ってるのよ」

理子《りこ》も立《た》ちあがって、強《つよ》い口調《くちょう》で言《い》いかえす。

教室《きょうしつ》に残《のこ》っていたクラスメイトの注目《ちゅうもく》が集《あつ》まる中《なか》、晴美《はるみ》は唇《くちびる》のはしをわずかにあげて、

あざけるような笑《え》みを浮《う》かべた。

「知《し》らないの？　その男《おとこ》の子《こ》、ほかにもつきあってる子《こ》がいるのよ」

その言葉《ことば》に、今度《こんど》は理子《りこ》が顔色《かおいろ》をかえた。

あとで聞《き》いた話《はなし》では、じっさいに別《べつ》の友《とも》だちからそういうウワサを耳《みみ》にしたばかりだったらしい。

それが本当《ほんとう》に霊感《れいかん》のせいなのか、それともあてずっぽうなのかはわからないけど、とにかく痛《いた》いところをつかれた理子《りこ》は、顔《かお》を真《ま》っ赤《か》にして反論《はんろん》した。

「なに適当《てきとう》なこと言《い》ってるのよ！」

「だって、わたしには見《み》えるもの。ほかの女《おんな》の子《こ》といっしょに歩《ある》いている姿《すがた》が……」

「うるさい！　本当《ほんとう》は霊感《れいかん》なんかないくせに」

きつい言葉《ことば》に、晴美《はるみ》の顔《かお》もカッと赤《あか》くなる。

そこに追《お》いうちをかけるように、理子《りこ》は続《つづ》けて言《い》った。

「なによ。ただ目立《めだ》ちたいだけのくせに。巫女《みこ》の血《ち》を引《ひ》いてるっていうのも、どうせウソなんでしょ！」

晴美《はるみ》の顔《かお》が、今度《こんど》は青白《あおじろ》くなっていく。

そして、怒《いか》りに体《からだ》を震《ふる》わせたかと思《おも》うと、理子《りこ》にまっすぐ指《ゆび》をつきつけて、

「わたしの力《ちから》をバカにすると、呪《のろ》われるから」

低《ひく》い、迫力《はくりょく》のある声《こえ》でそう言《い》った。

「勝手《かって》に呪《のろ》えば」

理子《りこ》も一歩《いっぽ》も引《ひ》かずに言《い》いかえす。

二人《ふたり》はしばらくそのままにらみあっていたけど、やがて晴美《はるみ》が、机《つくえ》の上《うえ》のカバンをつかんで、足音《あしおと》を高《たか》く鳴《な》らしながら教室《きょうしつ》を出《で》ていった。

「ちょっと……」

晴美《はるみ》の足音《あしおと》が聞《き》こえなくなると、少《すこ》し青《あお》ざめた顔《かお》の香奈《かな》が、理子《りこ》のうでをつかんで言《い》った。

「あんなこと言《い》っちゃって、大丈夫《だいじょうぶ》なの？」

「大丈夫《だいじょうぶ》よ。どうせ、呪《のろ》いなんかできっこないんだから」

理子《りこ》はバカにしたように笑《わら》い声《ごえ》をあげた。

「――晴美《はるみ》？」

わたしは窓《まど》を開《あ》けて、身《み》を乗《の》りだした。

晴美《はるみ》はこちらに気《き》づく様子《ようす》もなく、桜《さくら》の木《き》とむかいあっている。

晴美《はるみ》が出《で》ていったあと、かえす本《ほん》があったわたしは、みんなと別《わか》れて図書室《としょしつ》にむかったんだけど、その窓《まど》から、裏庭《うらにわ》の桜《さくら》の木《き》のそばに立《た》つ晴美《はるみ》の姿《すがた》が見《み》えたのだ。

なんだか胸騒《むなさわ》ぎがしたわたしは、図書室《としょしつ》を出《で》て裏庭《うらにわ》へと足《あし》をむけた。

桜《さくら》の葉《は》は秋《あき》の紅葉《こうよう》にむけて、少《すこ》しずつ色《いろ》づきはじめている。

「晴美《はるみ》」

わたしが声《こえ》をかけると、晴美《はるみ》はゆっくりとふりかえった。

その顔《かお》を見《み》て、わたしは背筋《せすじ》がスッと寒《さむ》くなった。

晴美《はるみ》の口元《くちもと》には、うっすらと笑《え》みが浮《う》かんでいたのだ。

「理子《りこ》の言《い》うこと、あんまり気《き》にしない方《ほう》がいいよ。あの子《こ》、彼氏《かれし》ができて、ちょっと浮《う》かれてるだけだから」

わたしも晴美《はるみ》の霊感《れいかん》を信《しん》じてるわけじゃないけど、さっきのは理子《りこ》の言《い》いすぎだと思《おも》ったので、そんなふうに言《い》って晴美《はるみ》をなぐさめた。

晴美《はるみ》はちょっとおどろいたように目《め》をまるくしたけど、すぐにまた笑《え》みを浮《う》かべた。

そして、クックックッ……とのどの奥《おく》で笑《わら》い声《ごえ》をたてると、

「わたしは大丈夫《だいじょうぶ》。だって、わたしには本当《ほんとう》に霊感《れいかん》があるんだから」

歌《うた》うようにそう言《い》って、木《き》の幹《みき》に手《て》をあてた。

「見《み》てて。彼女《かのじょ》は本当《ほんとう》に呪《のろ》われるから」


次《つぎ》の日《ひ》。晴美《はるみ》は学校《がっこう》に来《こ》なかった。

「まさか、家《いえ》で呪《のろ》いの儀式《ぎしき》とかしてるんじゃないよね」

香奈《かな》が半分冗談《はんぶんじょうだん》、残《のこ》りの半分《はんぶん》はちょっと不安《ふあん》そうな口調《くちょう》で言《い》うと、

「化《ば》けの皮《かわ》がはがれて、はずかしくて顔《かお》を出《だ》せなくなったんでしょ」

理子《りこ》は鼻《はな》で笑《わら》ってそう言《い》った。

わたしも、昨日《きのう》の理子《りこ》とのやり取《と》りで来《き》づらくなっているだけだろう、と思《おも》っていたん
だけど、その次《つぎ》の日《ひ》も、さらにその次《つぎ》の日《ひ》になっても、晴美《はるみ》は学校《がっこう》に来《こ》なかった。

気《き》になったわたしは、晴美《はるみ》が休《やす》んで三日目《みっかめ》の放課後《ほうかご》、旧校舎裏《きゅうこうしゃうら》に足《あし》をむけた。

もしかしたら、教室《きょうしつ》には来《こ》なくても、ここには来《き》てるかも……と思《おも》いながら、北校舎《きたこうしゃ》の角《かど》を曲《ま》がったところで、わたしは足《あし》をとめた。

桜《さくら》の木《き》の下《した》に、制服《せいふく》を着《き》た人影《ひとかげ》が立《た》っているのが見《み》えたのだ。

一瞬《いっしゅん》、晴美《はるみ》かと思《おも》ったけど、よく見《み》るとそれは、三年生《ねんせい》の河野《こうの》さんだった。

わたしがかたまっていると、むこうもわたしに気《き》づいたらしく、にっこり微笑《ほほえ》んだ。

「ひさしぶりね」

「おひさしぶりです」

わたしは頭《あたま》をさげてあいさつをした。

実《じつ》は、河野《こうの》さんは小学校《しょうがっこう》の先輩《せんぱい》で家《いえ》も近所《きんじょ》だったので、わたしがこの学校《がっこう》に進学《しんがく》するときも、いろいろと相談《そうだん》にのってもらっていたのだ。

「どうしたの？　こんなところで」

河野《こうの》さんはわずかに首《くび》をかしげながら、こちらに近《ちか》づいてきた。

「あの……ここで幽霊《ゆうれい》を見《み》たって、本当《ほんとう》ですか？」

「え？　ああ、あの話《はなし》ね」

わたしの問《と》いに、河野《こうの》さんはちょっと首《くび》をすくめて、苦笑《にがわら》いを浮《う》かべた。

「見《み》たっていっても、そんなにはっきりと見《み》たわけじゃないのよ。人影《ひとかげ》みたいなものを見《み》かけて、もしかしたら……って友《とも》だちに話《はな》したら、それが広《ひろ》まっちゃったの」

それは今《いま》から一週間《いっしゅうかん》ほど前《まえ》のことだった。

その日《ひ》、生徒会《せいとかい》の用事《ようじ》で帰《かえ》りが遅《おそ》くなった河野《こうの》さんは、裏門《うらもん》の近《ちか》くで、だれかに呼《よ》ばれたような気《き》がした。

足《あし》をとめて見《み》まわしたけど、あたりにはだれもいない。

それでも、かすかに聞《き》こえる声《こえ》に、さそわれるように旧校舎裏《きゅうこうしゃうら》をのぞきこむと、桜《さくら》の木《き》の下《した》に、白《しろ》い人影《ひとかげ》のようなものがぼんやりとたたずんでいるのが見《み》えたのだそうだ。

「――それで、びっくりして逃《に》げだしちゃったの。だから、ちゃんとたしかめたわけじゃないんだけど……それがどうかしたの？」

わたしは迷《まよ》った末《すえ》に、晴美《はるみ》の話《はなし》を打《う》ちあけた。

河野《こうの》さんは、晴美《はるみ》のことは知《し》らなかったみたいだったけど、

「そんなに心配《しんぱい》することないんじゃないかしら」

微笑《ほほえ》みながらそう言《い》った。

「たぶん、今《いま》は気《き》まずいだけだと思《おも》う。しばらくしたら、きっと出《で》てくるわよ」

「だったらいいんですけど……」

河野《こうの》さんにそう言《い》ってもらえて、わたしは少《すこ》し安心《あんしん》した。

だけど——あの放課後《ほうかご》の言《い》い争《あらそ》いから一週間《いっしゅうかん》がすぎても、晴美《はるみ》は学校《がっこう》に出《で》て来《こ》なかった。

先生《せんせい》に聞《き》いても、「体調《たいちょう》が悪《わる》いらしい」と言《い》うだけだ。

晴美《はるみ》のことも心配《しんぱい》だったけど、わたしにはもうひとつ、気《き》がかりなことがあった。

理子《りこ》の様子《ようす》がおかしいのだ。

学校《がっこう》には来《き》てるんだけど、だんだんやつれて、顔色《かおいろ》も悪《わる》くなってきている。

もしかしたら、晴美《はるみ》が休《やす》んでいるのと、なにか関係《かんけい》があるのかもと思《おも》ったけど、理子《りこ》の前《まえ》ではなんだか怖《こわ》くて口《くち》には出《だ》せなかった。

授業中《じゅぎょうちゅう》に理子《りこ》がたおれたのは、そんなときのことだった。

席《せき》の近《ちか》かったわたしが、保健室《ほけんしつ》に連《つ》れていったんだけど、その顔色《かおいろ》はまるで紙《かみ》のようにまっ白《しろ》だった。

保健室《ほけんしつ》の先生《せんせい》がいなかったので、理子《りこ》をベッドに寝《ね》かせて、教室《きょうしつ》にもどろうとすると、

「待《ま》って……」

理子《りこ》はガシッとわたしの手首《てくび》をつかんで、ささやくような声《こえ》で言《い》った。

「晴美《はるみ》が来《く》るの」

理子《りこ》の話《はなし》によると、毎晩《まいばん》、夜中《よなか》の二時《じ》ごろ、息苦《いきぐる》しくなって目《め》を覚《さ》ますと、晴美《はるみ》が胸《むね》の上《うえ》に正座《せいざ》をして、自分《じぶん》をじっとにらんでいるというのだ。

「夢《ゆめ》じゃないの？」

わたしの言葉《ことば》に、理子《りこ》はきっぱりと首《くび》をふった。

「体《からだ》は動《うご》かせないけど、頭《あたま》ははっきりしてるの。それに――」

理子《りこ》が体《からだ》を動《うご》かせず、声《こえ》も出《だ》せずにいると、晴美《はるみ》は理子《りこ》の首《くび》に手《て》を伸《の》ばして、ググッと押《お》さえつけてくるらしい。

それでもまだ半信半疑《はんしんはんぎ》のわたしに、理子《りこ》は「これを見《み》て」と言《い》うと、ブラウスの一番上《いちばんうえ》のボタンを外《はず》した。

それを見《み》て、わたしは息《いき》をのんだ。

理子《りこ》の首《くび》の根元《ねもと》には、だれかが首《くび》をしめたような赤黒《あかぐろ》い跡《あと》が、はっきりと残《のこ》っていたのだ。

わたしが言葉《ことば》を失《うしな》っていると、理子《りこ》はすがるような目《め》で、わたしの手《て》をにぎった。

「お願《ねが》い。晴美《はるみ》にもうやめてって頼《たの》んできて。このままだと、わたし……」

声《こえ》をつまらせて、すすり泣《な》く理子《りこ》の姿《すがた》に、わたしはただうなずくことしかできなかった。


授業《じゅぎょう》が終《お》わると、わたしは晴美《はるみ》の家《いえ》にむかった。

チャイムを鳴《な》らしてしばらく待《ま》っていると、パジャマ姿《すがた》の晴美《はるみ》があらわれた。

その顔《かお》を見《み》て、わたしはおどろいた。

晴美《はるみ》の顔《かお》は、理子《りこ》と同《おな》じくらい――いや、それ以上《いじょう》にやつれていたのだ。

「はいって」

晴美《はるみ》の言葉《ことば》に、わたしは無言《むごん》でうなずいて家《いえ》にあがった。

「お母《かあ》さんは？」

二階《かい》へと続《つづ》く階段《かいだん》をのぼりながらわたしが聞《き》くと、

「仕事《しごと》」

晴美《はるみ》は短《みじか》く答《こた》えた。

晴美《はるみ》の部屋《へや》は、きれいに片《かた》づけられていた。

本棚《ほんだな》に、怪談《かいだん》とか呪《のろ》いとか、オカルト系《けい》の本《ほん》が多《おお》いけど、それ以外《いがい》はいたってふつうの部屋《へや》だ。

玄関《げんかん》まで往復《おうふく》しただけでつかれたのか、晴美《はるみ》はベッドにたおれこむように横《よこ》になった。

わたしがベッドのそばに腰《こし》をおろして、どう切《き》りだそうかと考《かんが》えていると、

「理子《りこ》のことでしょ？」

晴美《はるみ》が横《よこ》になったまま、顔《かお》だけをこちらにむけて口《くち》を開《ひら》いた。

わたしがだまってうなずくと、晴美《はるみ》はまた天井《てんじょう》に視線《しせん》をもどして、告白《こくはく》をはじめた。

きっかけは、四年生《ねんせい》のときの林間学校《りんかんがっこう》だった。

一泊二日《いっぱくふつか》でログハウスに泊《と》まったんだけど、その日《ひ》の夜《よる》、晴美《はるみ》が本《ほん》で読《よ》んだ怪談《かいだん》を自分《じぶん》の体験談《たいけんだん》のように話《はな》すと、予想以上《よそういじょう》にみんなが怖《こわ》がってくれたのだ。

それまであまり注目《ちゅうもく》を浴《あ》びることのなかった晴美《はるみ》にとって、それは特別《とくべつ》な体験《たいけん》だった。

林間学校《りんかんがっこう》が終《お》わってからもしばらくのあいだは、クラスのみんなも晴美《はるみ》の話《はなし》を聞《き》きにきてくれたんだけど、しだいにあきてきたのか、あんまり聞《き》いてもらえなくなってきた。

そうなると、みんなの気《き》をひこうとして、どんどん話《はなし》が派手《はで》になってくる。

その結果《けっか》、はじめは信《しん》じてくれたり、理解《りかい》してくれていた友《とも》だちも、だんだんはなれていったんだけど、そのときにはもう、引《ひ》きかえせなくなっていたのだ。

「だから、わたしにはもともと霊感《れいかん》なんてなかったの……」

晴美《はるみ》は天井《てんじょう》を見《み》あげながら、声《こえ》を震《ふる》わせた。

「それじゃあ、晴美《はるみ》が理子《りこ》に呪《のろ》いをかけてたわけじゃないのね？」

だけど、晴美《はるみ》はわたしの言葉《ことば》にすぐには答《こた》えなかった。

そして、しばらくしてから、

「そうじゃないの……」

のどにからんだような声《こえ》で、ぽつりとつぶやいた。

「理子《りこ》を呪《のろ》ってるのは、やっぱりわたしなの」

一週間前《いっしゅうかんまえ》のあの日《ひ》。

教室《きょうしつ》を飛《と》びだした晴美《はるみ》は、まっすぐ帰《かえ》る気《き》になれず、旧校舎裏《きゅうこうしゃうら》に足《あし》をむけた。

香奈《かな》が言《い》っていた怪談《かいだん》が気《き》になったのだ。

すると、桜《さくら》の木《き》の下《した》に髪《かみ》の長《なが》い女《おんな》の人《ひと》が立《た》っていて、晴美《はるみ》を手《て》まねきした。

晴美《はるみ》がふらふらと近《ちか》づくと、女《おんな》の人《ひと》は晴美《はるみ》の耳元《みみもと》でこうささやいた。

「憎《にく》い人《ひと》がいるんでしょ？」

晴美《はるみ》が思《おも》わずうなずくと、女《おんな》の人《ひと》は一方的《いっぽうてき》に、呪《のろ》いをかける方法《ほうほう》を話《はな》しだした。

それは、夜中《よなか》の二時《じ》に、呪《のろ》いたい相手《あいて》の名前《なまえ》を書《か》いた紙人形《かみにんぎょう》を、桜《さくら》の木《き》の枝《えだ》に吊《つ》るすというものだった。

「紙人形《かみにんぎょう》？」

わたしが聞《き》きかえすと、晴美《はるみ》は顔《かお》をゆがめてうなずいた。

「そうなの。わたし、理子《りこ》の名前《なまえ》を書《か》いた紙人形《かみにんぎょう》を、あの日《ひ》の夜《よる》に……」

「でも……」

そんなことで、本当《ほんとう》に呪《のろ》いがかけられるのだろうか。

だけど、じっさいに理子《りこ》のもとには、晴美《はるみ》の霊《れい》があらわれているみたいだし、晴美《はるみ》も毎《まい》晩《ばん》二時《じ》ごろになると、理子《りこ》の首《くび》をしめる夢《ゆめ》を見《み》るらしい。

「あの紙人形《かみにんぎょう》を処分《しょぶん》しないと……」

涙《なみだ》を流《なが》す晴美《はるみ》に、わたしはなにも言葉《ことば》をかけることができなかった。

次《つぎ》の日《ひ》の放課後《ほうかご》。

わたしが旧校舎裏《きゅうこうしゃうら》にむかうと、桜《さくら》の木《き》の下《した》に河野《こうの》さんがたたずんでいた。

「あ、河野《こうの》さん。ちょうどよかった。この木《き》の秘密《ひみつ》がわかったんです」

わたしが晴美《はるみ》から聞《き》いた話《はなし》をすると、

「それじゃあ、晴美《はるみ》さんは紙人形《かみにんぎょう》を吊《つ》るしてしまったのね……」

河野《こうの》さんはかなしそうな表情《ひょうじょう》でつぶやいた。

「そうなんです。だから、その人形《にんぎょう》を外《はず》せば……」

わたしが桜《さくら》の木《き》に近《ちか》づこうとすると、

「その前《まえ》に、わたしの話《はなし》を聞《き》いてくれる？」

河野《こうの》さんが、わたしの前《まえ》に立《た》ちはだかるようにして話《はな》しだした。

河野《こうの》さんの話《はなし》によると、今《いま》から十数年前《すうねんまえ》、この木《き》でじっさいに首《くび》を吊《つ》った人《ひと》がいたらしい。

「彼女《かのじょ》はこの学校《がっこう》の卒業生《そつぎょうせい》で、結婚《けっこん》を約束《やくそく》していた男性《だんせい》に、とつぜん別《わか》れを告《つ》げられたの。ショックを受《う》けた彼女《かのじょ》は、夜中《よなか》の二時《じ》ごろ、学校《がっこう》にしのびこんで……」

「だけど、どうしてわざわざこんなところで……」

「それがね……ふられた理由《りゆう》っていうのが、高校時代《こうこうじだい》に仲《なか》のよかった同級生《どうきゅうせい》に、その彼氏《かれし》をとられたからだったのよ」

「ひどい……」

わたしは口《くち》に手《て》をあてた。

「それ以来《いらい》、この桜《さくら》の木《き》の下《した》には、彼女《かのじょ》の霊《れい》が出《で》るようになったの」

「でも……」

そんな幽霊《ゆうれい》がいるのなら、今《いま》までに、もっとウワサが広《ひろ》まっていてもいいはずだ――わたしがそう言《い》うと、

「それは、たぶん……」

河野《こうの》さんはわたしに背中《せなか》をむけて、木《き》の幹《みき》に手《て》をあてた。

「同級生《どうきゅうせい》に、強《つよ》い恨《うら》みとか嫉妬《しっと》を持《も》った人《ひと》じゃないと、見《み》えないからじゃないかしら。ほら、その首《くび》を吊《つ》った彼女《かのじょ》も、彼氏《かれし》をうばった同級生《どうきゅうせい》に強《つよ》い恨《うら》みを持《も》ちながら死《し》んでいったわけでしょ？　その気《き》持《も》ちと波長《はちょう》が合《あ》った人《ひと》だけが、彼女《かのじょ》の姿《すがた》を見《み》ることができるのよ」

「え？　でも……」

だったら、恨《うら》みや嫉妬《しっと》なんかと縁《えん》のなさそうな河野《こうの》さんが、どうして幽霊《ゆうれい》の姿《すがた》を目撃《もくげき》したんだろう、と思《おも》っていると、

「だって、わたしも同級生《どうきゅうせい》のことが、すごくねたましかったから」


河野《こうの》さんはパッとふりかえった。

その顔《かお》を見《み》て、わたしは悲鳴《ひめい》をあげそうになった。

河野《こうの》さんの顔《かお》が、まるで知《し》らない女《おんな》の人《ひと》の顔《かお》と二重写《にじゅううつ》しになったように見《み》えたのだ。

強《つよ》い風《かぜ》が吹《ふ》きぬけて、桜《さくら》の木《き》の枝《えだ》から、数《かぞ》えきれないほどの紙人形《かみにんぎょう》がぶらさがっている

のが見《み》える。

「河野《こうの》さん……」

わたしが呼《よ》びかけると、河野《こうの》さんはニヤリと笑《わら》って、ささやくように言《い》った。

「あなたにも、ねたましい人《ひと》はいるでしょう？」

その言葉《ことば》とともに、わたしの心《こころ》の中《なか》に、なにかがしのびこんできた。

たしかにわたしも、彼氏《かれし》のいる理子《りこ》をねたんだことはあったし、家《いえ》がお金持《かねも》ちで、好《す》きなものをなんでも買《か》ってもらえる香奈《かな》をうらやましいと思《おも》ったこともあった。


ねたましい……うらやましい……。


気《き》がつくと、いつの間《ま》にかわたしの手《て》には、小《ちい》さな紙人形《かみにんぎょう》がにぎられていた。

見《み》えないなにかに背中《せなか》を押《お》されるように、ふらふらと桜《さくら》の木《き》に近《ちか》づく。

そして、あと少《すこ》しで、木《き》の枝《えだ》に手《て》がとどくところまで来《き》たとき、

「だめ！」

とつぜん、後《うし》ろからはげしい声《こえ》で呼《よ》びとめられた。

ふりむくと、私服姿《しふくすがた》の晴美《はるみ》が、青白《あおじろ》い顔《かお》で立《た》っていた。

わたしがぼうぜんとしていると、晴美《はるみ》はわたしを押《お》しのけて、手《て》にしていた巾着袋《きんちゃくぶくろ》の中《なか》身《み》を、木《き》の幹《みき》にたたきつけた。

それは、どうやら塩《しお》のようだった。

風《かぜ》にあおられて、わたしと河野《こうの》さんにも塩《しお》がかかる。

気《き》がつくと、いつの間《ま》にか風《かぜ》はやんで、河野《こうの》さんが桜《さくら》の木《き》の下《した》でたおれていた。

「今《いま》の……なに？」

わたしがたずねると、晴美《はるみ》は小《ちい》さく肩《かた》をすくめて、

「前《まえ》に、心霊《しんれい》スポットめぐりをしてたとき、ある神社《じんじゃ》で神主《かんぬし》さんにわたされたの。『いつかかならず役《やく》に立《た》つときがくるから』って」

そう言《い》うと、にっこり笑《わら》った。

「ね？　オカルトマニアも、たまには役《やく》に立《た》つでしょ？」

しばらくして、意識《いしき》を取《と》りもどした河野《こうの》さんは、わたしと晴美《はるみ》の姿《すがた》を見《み》て、

「わたし……どうしたのかしら……」

混乱《こんらん》した様子《ようす》で、顔《かお》をしかめた。

どうやら、途中《とちゅう》から記憶《きおく》がないようだ。

わたしが状況《じょうきょう》を説明《せつめい》すると、河野《こうの》さんはしばらくむずかしい顔《かお》でだまっていたけど、やがてかすかに笑《わら》って、つぶやくように言《い》った。

「わたし、鍋島《なべしま》さんのことが、ずっとうらやましかったの」

その名前《なまえ》を聞《き》いて、わたしはおどろいた。

鍋島《なべしま》さんというのは、河野《こうの》さんと同《おな》じ三年生《ねんせい》だけど、授業《じゅぎょう》はさぼるし、先生《せんせい》とはしょっちゅうけんかするし、河野《こうの》さんとは別《べつ》の意味《いみ》で有名人《ゆうめいじん》だったのだ。

思《おも》いもよらない告白《こくはく》に、言葉《ことば》を失《うしな》っていると、河野《こうの》さんは静《しず》かに語《かた》りだした。

小《ちい》さいころからまじめで、勉強《べんきょう》もよくできた河野《こうの》さんは、家族《かぞく》から期待《きたい》され、先生《せんせい》や友《とも》だちからも優等生《ゆうとうせい》だと思《おも》われていたんだけど、だんだんそれがつらくなってきたらしい。

河野《こうの》さんも、本当《ほんとう》は授業《じゅぎょう》をさぼって遊《あそ》びにいきたかったし、彼氏《かれし》とデートもしたかった。

だから、自由《じゆう》に見《み》える鍋島《なべしま》さんのことが、ずっとうらやましかったのだ。

そんな気持《きも》ちを、桜《さくら》の木《き》に住《す》む幽霊《ゆうれい》につけこまれたのだろう。

河野《こうの》さんは、なんだかすっきりとした表情《ひょうじょう》で帰《かえ》っていった。

わたしと晴美《はるみ》は、学校《がっこう》を出《で》ると、いっしょに理子《りこ》の家《いえ》を訪《たず》ねて、桜《さくら》の木《き》の下《した》で起《お》こった出来事《できごと》を話《はな》した。

晴美《はるみ》が理子《りこ》にあやまって、理子《りこ》も「わたしもごめん」と頭《あたま》をさげる。

きっと、もう二度《にど》と、理子《りこ》の夢《ゆめ》に晴美《はるみ》が出《で》てくることはないだろう。

次《つぎ》の朝《あさ》、登校《とうこう》してみると、旧校舎裏《きゅうこうしゃうら》は立《た》ち入《い》り禁止《きんし》になっていた。

昨夜《ゆうべ》のうちに、桜《さくら》の木《き》がとつぜんたおれてしまったらしい。

寿命《じゅみょう》だったのか、それともあの塩《しお》がなにか影響《えいきょう》したのか、それはわからない。

ただ、あとから先生《せんせい》に聞《き》いた話《はなし》では、木《き》の内側《うちがわ》はがらんどうになっていて、中《なか》には古《ふる》びてぼろぼろになった紙《かみ》が、大量《たいりょう》につまっていたということだった。

は

言彦《ことひこ》さんの話《はなし》が終《お》わると、わたしは絵札《えふだ》を見《み》つめた。

今《いま》の話《はなし》で化《ば》けの皮《かわ》をかぶっていたのは、霊感《れいかん》があるふりをしていた晴美《はるみ》だろうか？

優等生《ゆうとうせい》を演《えん》じていた河野《こうの》さん？

それとも……みんなへの不満《ふまん》をかくしていた、主人公《しゅじんこう》の〈わたし〉？

「気《き》をつけた方《ほう》がいいよ」

わたしが考《かんが》えこんでいると、言彦《ことひこ》さんがささやくような声《こえ》で言《い》った。

「彼《かれ》らは、心《こころ》のすきまにしのびこんでくるのが、すごくうまいからね」

そのとき、陽《ひ》がかげったのか、部屋《へや》の中《なか》が一瞬《いっしゅん》暗《くら》くなった。

言彦《ことひこ》さんの姿《すがた》が、薄暗《うすくら》がりの中《なか》に溶《と》けこんで、白《しろ》い顔《かお》だけがぼんやりと浮《う》かびあがる。

「それじゃあ、次《つぎ》にいこうか」

「あ、あの……」

次《つぎ》の札《ふだ》をかまえる言彦《ことひこ》さんに、わたしはあわてて声《こえ》をかけた。

「わたし、そろそろ帰《かえ》らないと……」

カルタをはじめてから、けっこうたっていたし、なにより、これ以上《いじょう》ここで怪談《かいだん》を聞《き》いていたら、なんだか怪談《かいだん》そのものにとりこまれてしまいそうな気《き》がしたのだ。

だけど、

「だめだよ」

言彦《ことひこ》さんは切《き》れ長《なが》の目《め》を、スッと細《ほそ》めた。

「まだカルタは終《お》わってないんだから」

その氷《こおり》のような冷《つめ》たい声《こえ》に、わたしは、はじかれたように立《た》ちあがった。

「でも、終《お》わりまでやってると遅《おそ》くなっちゃうから……失礼《しつれい》します」

デイパックを手《て》に扉《とびら》へとむかったわたしは、足《あし》をとめて自分《じぶん》の目《め》をうたがった。

扉《とびら》があったはずの場所《ばしょ》が、ただの白《しろ》い壁《かべ》になっていたのだ。

左右《さゆう》を見《み》ても、はいってきたはずの扉《とびら》は、どこにも見《み》あたらない。

「……どうして？」

「だから、言《い》っただろ？」

ぼうぜんとするわたしに、言彦《ことひこ》さんは怖《こわ》いくらいにきれいな笑《え》みを浮《う》かべて言《い》った。

「このカルタは、一度《いちど》はじめたら、途中《とちゅう》でやめることはできないんだ」

わたしは畳《たたみ》の間《ま》にもどると、ギュッと手《て》をにぎりしめて、言彦《ことひこ》さんに聞《き》いた。

「あなたは、いったい何者《なにもの》なんですか？」

「ぼくは言彦《ことひこ》だよ」

言彦《ことひこ》さんは、おどけたように目《め》をまるくすると、笑顔《えがお》で答《こた》えた。

「きみがぼくを、そう呼《よ》んだんじゃないか」

「あれは……」

箱《はこ》のうらに刻《きざ》まれた名前《なまえ》を読《よ》んだだけ……そう言《い》おうとしたけど、なぜか言葉《ことば》が出《で》てこない。

「じゃあ、次《つぎ》の札《ふだ》を読《よ》むよ」

言彦《ことひこ》さんは、わたしの返事《へんじ》を待《ま》たずに、次《つぎ》の札《ふだ》を読《よ》んだ。


「に　二兎《にと》を追《お》うものは、百兎《ひゃくと》に追《お》われる」

わたしはひざの上《うえ》で手《て》をにぎったまま、〈に〉の札《ふだ》をじっと見《み》つめた。

言彦《ことひこ》さんは、こまったようにわたしを見《み》ていたけど、やがて大《おお》きく身《み》を乗《の》りだすと、わたしの手《て》をつかんで、〈に〉の札《ふだ》に押《お》しつけた。

「もとのことわざの意味《いみ》は知《し》ってるよね？　『二兎《にと》を追《お》うものは一兎《いっと》をも得《え》ず』――二《ふた》つのものを同時《どうじ》に手《て》にいれようと欲張《よくば》ると、結局《けっきょく》どちらも手《て》にはいらないっていう意味《いみ》なんだけど……」

に　二兎《にと》を追《お》うものは、百兎《ひゃくと》に追《お》われる

「あーあ、つまんないなー」

学校《がっこう》からの帰《かえ》り道《みち》。

茜色《あかねいろ》に染《そ》まりはじめた空《そら》を見《み》あげながら、わたしはつぶやいた。

中学校《ちゅうがっこう》に入学《にゅうがく》してから、もう半年以上《はんとしいじょう》がたつというのに、なにもおもしろいことが起《お》きないのだ。

スパイクを打《う》つ姿《すがた》にあこがれて入部《にゅうぶ》したバレー部《ぶ》は、球拾《たまひろ》いとランニングばかりの練習《れんしゅう》に嫌気《いやけ》がさして、夏休《なつやす》み前《まえ》にやめちゃったし、小学校《しょうがっこう》のときはそこそこできた勉強《べんきょう》も、急《きゅう》にむずかしくなって、ついていくのがやっとだし……。

なにより、中学生《ちゅうがくせい》になったら絶対《ぜったい》につくろうと思《おも》っていた彼氏《かれし》が、ぜんぜんできなかったのだ。

なんとなく、まっすぐ帰《かえ》る気《き》になれなくて、学校《がっこう》の近《ちか》くにある商店街《しょうてんがい》に足《あし》をむけたわたしは、同《おな》じクラスの和美《かずみ》の姿《すがた》を見《み》かけて、

「あれ？」

と声《こえ》をあげた。

和美《かずみ》の家《いえ》は、たしか逆方向《ぎゃくほうこう》のはずだ。

商店街《しょうてんがい》のはしにある、小《ちい》さな豆腐屋《とうふや》さんにはいった和美《かずみ》は、しばらくして、大《おお》きなビニール袋《ぶくろ》を手《て》に店《みせ》から出《で》てくると、あたりを気《き》にする様子《ようす》を見《み》せながら、足早《あしばや》に歩《ある》きだした。

その意味《いみ》ありげな雰囲気《ふんいき》に、わたしはあとをつけてみることにした。

和美《かずみ》もわたしと同《おな》じ帰宅部《きたくぶ》で、特別目立《とくべつめだ》つ子《こ》じゃなかったんだけど、最近《さいきん》、学校《がっこう》でも一、二を争《あらそ》う人気《にんき》だったサッカー部《ぶ》のエースとつきあいだして、みんなをおどろかせていた。

和美《かずみ》は商店街《しょうてんがい》をぬけると、知《し》らなければ見《み》すごしてしまいそうなくらい細《ほそ》い路地《ろじ》にはいっていった。

少《すこ》し距離《きょり》をあけて、わたしもあとを追《お》う。

路地《ろじ》のつきあたりには小《ちい》さな祠《ほこら》があって、そのむこうには、うっそうとした森《もり》がしげっ

ていた。

「和美《かずみ》」

祠《ほこら》の前《まえ》にしゃがみこんで、手《て》をあわせている和美《かずみ》に、わたしは後《うし》ろから声《こえ》をかけた。

「祥子《しょうこ》……どうしたの？」

和美《かずみ》がふりかえって目《め》をまるくする。

わたしは、商店街《しょうてんがい》で見《み》かけてついてきたことを話《はな》すと、祠《ほこら》の前《まえ》のビニール袋《ぶくろ》を指《ゆび》さした。

「それ、お供《そな》えもの？」

和美《かずみ》は小《ちい》さくうなずくと、手《て》をのばして、袋《ふくろ》の口《くち》を開《あ》けた。

はいっていたのは、大量《たいりょう》の油揚《あぶらあ》げだった。

「ここは、恋愛成就《れんあいじょうじゅ》の神様《かみさま》なの」

和美《かずみ》は立《た》ちあがって、スカートのすそをなおしながら微笑《ほほえ》んだ。

「わたしはひいばあちゃんから教《おし》えてもらったんだけどね……油揚《あぶらあ》げをお供《そな》えして、真剣《しんけん》にお願《ねが》いすれば、願《ねが》いを叶《かな》えてくれるのよ」

「それじゃあ……」

わたしが目《め》で問《と》いかけると、和美《かずみ》は照《て》れたように笑《わら》った。

「そう。わたしが清水先輩《しみずせんぱい》とつきあえるようになったのは、この祠《ほこら》のおかげ。だから、今日《きょう》はそのお礼《れい》に来《き》たの」

わたしは格子状《こうしじょう》になった扉《とびら》から、祠《ほこら》の中《なか》をのぞきこんだ。

祠《ほこら》の奥《おく》に、小《ちい》さなキツネのお地蔵様《じぞうさま》が、ちょこんと座《すわ》っているのが見《み》える。

キツネのお地蔵様《じぞうさま》が恋《こい》を叶《かな》えてくれるなんて、ふつうだったらちょっと信《しん》じられないところだけど、和美《かずみ》の場合《ばあい》はじっさいに、信《しん》じられないくらいすてきな彼氏《かれし》ができているのだ。

わたしはすぐに、さっきの豆腐屋《とうふや》さんにもどって、おこづかいで買《か》えるだけの油揚《あぶらあ》げを買《か》うと、祠《ほこら》に手《て》をあわせた。

「佐々木先輩《ささきせんぱい》とつきあえますように」

三年生《ねんせい》の佐々木先輩《ささきせんぱい》は、全国模試《ぜんこくもし》でも上位《じょうい》にはいるくらい頭《あたま》がよくて、フレームなしのめがねが似合《にあ》う超《ちょう》イケメンなんだけど、女《おんな》の子《こ》に興味《きょうみ》がなくて、今《いま》までに何人《なんにん》もふられているというウワサだった。

たっぷりおがんで帰《かえ》ろうとしたわたしは、ふりかえって、悲鳴《ひめい》をあげそうになった。

すぐ目《め》の前《まえ》に、おかっぱ頭《あたま》でキツネ目《め》の、着物姿《きものすがた》の女《おんな》の子《こ》が立《た》っていたのだ。

わたしが動《うご》けずにいると、

「好《す》いた男《おとこ》がおるのじゃな」

女《おんな》の子《こ》は、ピンクのラムネのようなものがはいったガラスの小瓶《こびん》をさしだして、見《み》た目《め》に合《あ》わない、しわがれた声《こえ》で言《い》った。

「これを使《つか》え。ほれ薬《くすり》じゃ」

「ほれ薬《ぐすり》？」

わたしが聞《き》きかえすと、女《おんな》の子《こ》は「うむ」と重々《おもおも》しくうなずいた。

「これを飲《の》むと、そのとき、一番近《いちばんちか》くにいる異性《いせい》の気持《きも》ちを、自分《じぶん》にむけることができる」

「本当《ほんとう》ですか？」

「ただし」

女《おんな》の子《こ》はするどい目《め》つきで、わたしの顔《かお》に指《ゆび》をつきつけた。

「飲《の》んでいいのは一回一錠《いっかいいちじょう》だけ。薬《くすり》の効《き》き目《め》は二十四時間《じかん》じゃ。わかったな？」

その迫力《はくりょく》に気押《けお》されるように、わたしは何度《なんど》もうなずいて、小瓶《こびん》の中《なか》の錠剤《じょうざい》を見《み》つめた。

そして、次《つぎ》に顔《かお》をあげたときには、女《おんな》の子《こ》の姿《すがた》はどこにも見《み》えなくなっていた。


「話《はなし》ってなに？　いそがしいんだけど」

佐々木先輩《ささきせんぱい》は、迷惑《めいわく》そうな顔《かお》と口調《くちょう》で言《い》うと、あからさまにうで時計《どけい》に目《め》をやった。

次《つぎ》の日《ひ》の放課後《ほうかご》。

わたしは図書室《としょしつ》で勉強《べんきょう》していた佐々木先輩《ささきせんぱい》を、階段《かいだん》の踊《おど》り場《ば》に呼《よ》びだしていた。

「あの、実《じつ》は……」

わたしは近《ちか》くに人《ひと》がいないことをたしかめると、ほれ薬《ぐすり》を飲《の》んで、先輩《せんぱい》に近《ちか》づいた。

けわしかった佐々木先輩《ささきせんぱい》の表情《ひょうじょう》が、みるみるうちに明《あか》るくなっていく。

「わたしとつきあってください」

ドキドキしながらわたしが言《い》うと、

「もちろん」

佐々木先輩《ささきせんぱい》はきっぱりとうなずいて、やさしく微笑《ほほえ》んだ。

次《つぎ》の日《ひ》の朝《あさ》。

教室《きょうしつ》にはいるなり、わたしはクラス中《じゅう》の女子《じょし》から質問《しつもん》ぜめにあった。

それも当然《とうぜん》だろう。今《いま》まで浮《う》いたウワサのなかったイケメンの秀才《しゅうさい》が、一年生《ねんせい》の、それもたいして目立《めだ》たない女子《じょし》と、手《て》をつないで登校《とうこう》してきたのだから。

みんなには、どうやったのかと聞《き》かれたけど、わたしは「思《おも》いきって告白《こくはく》したら、うまくいった」としか答《こた》えなかった。

もし祠《ほこら》のことを話《はな》して、わたしよりもかわいい子《こ》や頭《あたま》のいい子《こ》が、同《おな》じ薬《くすり》を飲《の》んで佐々《さ さ》木《き》先輩《せんぱい》にせまったら、負《ま》けるかもしれないと思《おも》ったのだ。

和美《かずみ》も、わたしの狙《ねら》いが佐々木《さ さ き》先輩《せんぱい》で、自分《じぶん》とは好《この》みが重《かさ》ならないことがわかっていたから、祠《ほこら》の秘密《ひみつ》を教《おし》えてくれたのだろう。

クラスのみんなに手荒《てあら》い祝福《しゅくふく》を受《う》けながら、和美《かずみ》の方《ほう》を見《み》ると、和美《かずみ》はにっこり笑《わら》ってうなずいた。

ところが、その日《ひ》の放課後《ほうかご》。

図書室《としょしつ》で勉強《べんきょう》していた佐々木《ささき》先輩《せんぱい》に、

「いっしょに帰《かえ》りましょ」

と声《こえ》をかけると、先輩《せんぱい》は不思議《ふしぎ》そうな顔《かお》で「どうして？」と言《い》った。

「どうしてって……」

「ぼくはまだ勉強《べんきょう》が残《のこ》ってるから」

そう言《い》って、また参考書《さんこうしょ》に目《め》をもどす。

わたしはハッと気《き》がついて、時計《とけい》を見《み》た。

昨日《きのう》の告白《こくはく》から、ちょうど二十四時間《じかん》がたったところだ。

わたしはカバンに手《て》をいれて、薬《くすり》を素早《すばや》く口《くち》にほうりこむと、先輩《せんぱい》のとなりに座《すわ》った。

先輩《せんぱい》は、一瞬迷惑《いっしゅんめいわく》そうな顔《かお》を見《み》せたけど、すぐに表情《ひょうじょう》をゆるめて、

「待《ま》たせてごめん。いっしょに帰《かえ》ろうか」

そう言《い》って、机《つくえ》の上《うえ》を片《かた》づけはじめた。

「はい」

わたしはにっこり笑《わら》ってうなずいた。

「あの薬《くすり》って、本当《ほんとう》に二十四時間《じかん》しか効《き》き目《め》が続《つづ》かないの？」

家《いえ》に帰《かえ》ると、わたしは和美《かずみ》に電話《でんわ》をかけた。

「そうよ。最初《さいしょ》に、そう言《い》われたでしょ？」

「だったら、いつかはなくなるじゃない」

仮《かり》に百粒《ひゃくつぶ》はいっていたとしても、三ヶ月《かげつ》ほどしか続《つづ》かない計算《けいさん》になる。

「ばっかねえ」

和美《かずみ》はあきれた声《こえ》をあげた。

「薬《くすり》を使《つか》えば、一日《にち》いっしょにすごせるんだから、そのあいだにほれさせればいいのよ。それで、薬《くすり》を使《つか》う間隔《かんかく》をちょっとずつ開《あ》けていって、最終的《さいしゅうてき》には薬《くすり》なしでもつきあえるようにするの」

「でも……薬《くすり》を使《つか》いきっても、好《す》きになってもらえなかったらどうするの？」

わたしが不安《ふあん》に思《おも》って聞《き》くと、和美《かずみ》は電話《でんわ》のむこうでため息《いき》をついた。

「そこまで魅力《みりょく》がなかったら、あきらめるしかないんじゃない？」

和美《かずみ》にアドバイスされてから、わたしはお弁当《べんとう》をつくったり、いっしょに勉強《べんきょう》したりして、好《す》きになってもらえるよう、積極的《せっきょくてき》にアプローチした。

そのおかげで、薬《くすり》を飲《の》む間隔《かんかく》は、だんだん開《ひら》いてきたんだけど……。

「どうしたの？　うかない顔《かお》して」

佐々木先輩《ささきせんぱい》とつきあいだしてから、もうすぐ一ヶ月《いっかげつ》というある日《ひ》の放課後《ほうかご》。

くつ箱《ばこ》の前《まえ》で先輩《せんぱい》の帰《かえ》りを待《ま》っていると、和美《かずみ》が声《こえ》をかけてきた。

「うん……」

わたしはため息《いき》をついて、「ちょっと迷《まよ》ってるの」と言《い》った。

実《じつ》は最近《さいきん》、佐々木先輩《ささきせんぱい》とのつきあいが、退屈《たいくつ》になってきたのだ。

受験生《じゅけんせい》だからしかたないんだけど、会《あ》うのは図書室《としょしつ》ばかりだし、今《いま》まで勉強一筋《べんきょうひとすじ》だったせいか、デートコースもあまり知《し》らない。

そのくせ束縛《そくばく》はひどくて、ほかの男《おとこ》の子《こ》としゃべってるだけで、あれはだれだとか、ほかの男《おとこ》としゃべるなとか、うるさいのだ。

「だったら、やめちゃえば？」

和美《かずみ》に言《い》われて、わたしは「うーん」とうなった。

たしかに不満《ふまん》はあるけど、いっしょにいるときはやさしいし、なにより、やっぱり顔《かお》が好《この》みだし……わたしがそう言《い》うと、

「ふーん。まあ、祥子《しょうこ》がいいなら、それでいいけど……あ、彼《かれ》だ」

和美《かずみ》は笑顔《えがお》で手《て》をあげた。

「あれ？」

むこうから近《ちか》づいてくる人影《ひとかげ》を見《み》て、わたしは首《くび》をかしげた。

あれはたしか、となりのクラスの高橋《たかはし》くんだ。

「和美《かずみ》、清水先輩《しみずせんぱい》とつきあってるんじゃなかったの？」

「先週《せんしゅう》まではね」

そう言《い》って、高橋《たかはし》くんのもとに走《はし》っていく和美《かずみ》の後《うし》ろ姿《すがた》を見《み》て、わたしは気《き》がついた。

そうか――ほれ薬《ぐすり》があるんだから、一人《ひとり》の人《ひと》にこだわる必要《ひつよう》はないのだ。

そのとき、ちょうどわたしの目《め》の前《まえ》を、二年生《ねんせい》の長島《ながしま》さんが通《とお》りかかった。

長島《ながしま》さんは、勉強《べんきょう》はできないけど、服装《ふくそう》も髪形《かみがた》もおしゃれで、モデル事務所《じむしょ》にスカウトされたというウワサもある。

佐々木先輩《ささきせんぱい》とは別《べつ》の意味《いみ》で、女子《じょし》のあこがれのまとだった。

わたしは佐々木先輩《ささきせんぱい》に「用事《ようじ》ができたので、先《さき》に帰《かえ》ります」とメールをすると、薬《くすり》を飲《の》んで、長島《ながしま》さんに声《こえ》をかけた。

「いっしょに帰《かえ》りませんか？」

だれ？　という顔《かお》でふりかえった長島《ながしま》さんの表情《ひょうじょう》が、みるみるうちに笑顔《えがお》になっていく。

わたしたちは、五分後《ふんご》にはデートの約束《やくそく》をしていた。

翌日《よくじつ》の土曜日《どようび》は、朝《あさ》から街《まち》に出《で》て、服《ふく》を買《か》ったり、プリクラを撮《と》ったりと、佐々木先輩《ささきせんぱい》とはぜんぜんちがうデートができた。

だけど、遊《あそ》びなれているぶん、ちょっとノリが軽《かる》いし、会話《かいわ》もなんだかバカっぽい。

それに、デートのあいだも、道《みち》にごみを捨《す》てたり、店員《てんいん》さんの悪口《わるぐち》を大声《おおごえ》で言《い》ったりして、マナーが悪《わる》いのも気《き》になった。

そうなると、やっぱり佐々木先輩《ささきせんぱい》のほうがよかったような気《き》がしてくる。

迷《まよ》った末《すえ》、わたしは薬《くすり》を使《つか》って、二人《ふたり》と交互《こうご》につきあうことにした。

それからしばらくたった、ある日《ひ》の放課後《ほうかご》。

長島《ながしま》さんと待《ま》ち合《あ》わせていたわたしは、校門《こうもん》の前《まえ》に立《た》つ彼《かれ》の表情《ひょうじょう》を見《み》て、薬《くすり》の効果《こうか》が薄《うす》れてきていることに気《き》がついた。

そういえば、あいだに佐々木先輩《ささきせんぱい》をはさんでいるので、長島《ながしま》さんの前《まえ》では、もう二日以《ふつかい》上《じょう》も薬《くすり》を飲《の》んでいない。

わたしは薬《くすり》を口《くち》にふくみながら、彼《かれ》にかけよって、うでをからめた。

「お待《ま》たせ」

長島《ながしま》さんの表情《ひょうじょう》が、パッと明《あか》るくなる。

わたしたちが、次《つぎ》のデートの相談《そうだん》をしていると、

「なにしてるの？」

とつぜん、後《うし》ろから声《こえ》をかけられた。

ふりかえると、佐々木先輩《ささきせんぱい》がわたしをにらみつけていた。

「え、いや、あの……」

わたしがうまく説明《せつめい》できずにいると、

「そんな人《ひと》だとは思《おも》わなかったな」

佐々木先輩《ささきせんぱい》は、冷《さ》めた目《め》でわたしを見《み》て、立《た》ちさろうとした。

わたしはとっさにカバンに手《て》をつっこむと、

「ちょっと待《ま》ってください」

佐々木先輩《ささきせんぱい》のうでをつかみながら、薬《くすり》を口《くち》にほうりこんだ。

こちらをふりかえった佐々木先輩《ささきせんぱい》の表情《ひょうじょう》が、笑顔《えがお》にかわっていく。

ホッとしたわたしは、次《つぎ》の瞬間《しゅんかん》、後《うし》ろから肩《かた》をガシッとつかまれた。

「祥子《しょうこ》ちゃん、どういうこと？」

今度《こんど》は長島《ながしま》さんが、怖《こわ》い目《め》つきでわたしと佐々木先輩《ささきせんぱい》をにらみつけてくる。

わたしがまた口《くち》ごもっていると、

「**彼女《かのじょ》にさわるな！**」

佐々木先輩《ささきせんぱい》が、長島《ながしま》さんの手首《てくび》をつかんでねじりあげた。

わたしはびっくりした。

佐々木先輩《ささきせんぱい》が大声《おおごえ》をあげたり暴力《ぼうりょく》をふるったりするところなんて、見《み》たことがなかったからだ。

長島《ながしま》さんは、その手《て》を荒々《あらあら》しくふりはらって、佐々木先輩《ささきせんぱい》の胸《むな》ぐらをつかむと、

「三年生《ねんせい》だからって、調子《ちょうし》にのってんじゃねえぞ！」

そう言《い》って、殴《なぐ》りかかっていった。

佐々木先輩《ささきせんぱい》も、カバンで応戦《おうせん》する。

二人《ふたり》は人目《ひとめ》も気《き》にせずに、殴《なぐ》りあいをはじめた。

怖《こわ》くなったわたしは、二人《ふたり》に背中《せなか》をむけて、学校《がっこう》を飛《と》びだした。

そのまま家《いえ》まで、わき目《め》もふらずに走《はし》りつづける。

玄関《げんかん》に飛《と》びこんで、大《おお》きく息《いき》を切《き》らしているわたしに、お母《かあ》さんが目《め》をまるくした。

「どうしたの？」

「ううん……なんでもない」

笑《わら》って手《て》をふりながら、わたしは玄関《げんかん》の外《そと》の気配《けはい》をうかがった。

うちはお父《とう》さんが単身赴任中《たんしんふにんちゅう》で、家《いえ》にはわたしとお母《かあ》さんしかいないので、どっちかが家《いえ》まで押《お》しかけてきたらどうしようと心配《しんぱい》だったんだけど、さいわいそんな様子《ようす》はなさそうだ。

夜《よる》になって、情報通《じょうほうつう》の友《とも》だちに電話《でんわ》をかけてみると、長島《ながしま》さんも佐々木《ささき》先輩《せんぱい》も、救急車《きゅうきゅうしゃ》で病院《びょういん》に運《はこ》ばれて、しばらく入院《にゅういん》することになったらしい。

そんなにはげしく殴《なぐ》りあったのかと思《おも》うと、怖《こわ》かったけど、同時《どうじ》に少《すこ》しホッとした。入院《にゅういん》したのなら、明日《あした》学校《がっこう》に行《い》っても、二人《ふたり》と顔《かお》を合《あ》わせずにすみそうだ。

次《つぎ》の日《ひ》は、朝《あさ》から雨《あめ》がふっていた。

停留所《ていりゅうじょ》二《ふた》つぶんだけど、昨日《きのう》のことでつかれていたので、家《いえ》の近《ちか》くの停留所《ていりゅうじょ》から、バスで登校《とうこう》することにした。

バスに乗《の》って、つり革《かわ》を手《て》に立《た》っていると、目《め》の前《まえ》に座《すわ》っている男《おとこ》の子《こ》が、ちらちらとわたしの顔《かお》を見《み》てくる。

知《し》り合《あ》いでもなさそうだし、なんだろう、と思《おも》っていると、その男《おとこ》の子《こ》はとつぜんノー

トになにか書《か》き出《だ》して、そのページをやぶりとった。そして、

「あの……これ、読《よ》んでください」

いきなり立《た》ちあがって、ページをたたんだものを突《つ》きだしてきた。

わたしが面食《めんく》らっていると、

「ラブレターです。おれとつきあってください」

男《おとこ》の子《こ》は、車内《しゃない》にひびきわたるような大声《おおごえ》で告白《こくはく》をしてきた。

うちの学校《がっこう》と同《おな》じバス路線《ろせん》にある男子校《だんしこう》の制服《せいふく》を着《き》ているけど、顔《かお》に見覚《みおぼ》えはない。

どこかで会《あ》ったことあるのかな、と思《おも》っていると、その子《こ》はとつぜん肩《かた》をぐいとひかれて、通路《つうろ》にしりもちをついた。

いれかわるように、同《おな》じ制服《せいふく》を着《き》た、ガラの悪《わる》そうな男《おとこ》の子《こ》が目《め》の前《まえ》にあらわれる。

「こんなやつより、おれとつきあえよ。な？　いいだろ？」

「え？　え？」

わたしがゆれる車内《しゃない》で後《あと》ずさると、

「おい」

さっきまで彼女《かのじょ》らしき女《おんな》の子《こ》といちゃついていた男《おとこ》の子《こ》が、わたしをかばうように立《た》ちはだかった。

「なに勝手《かって》なこと言《い》ってるんだ。彼女《かのじょ》はおれとつきあうんだよ」

それをきっかけに、ほかの男《おとこ》の子《こ》たちもいっせいに、わたしの方《ほう》にせまってきた。

みんな、昨日《きのう》の佐々木《ささき》先輩《せんぱい》や長島《ながしま》さんと同《おな》じ目《め》をしている。

そのとき、ちょうどバスが学校前《がっこうまえ》の停留所《ていりゅうじょ》に到着《とうちゃく》したので、わたしはバスを飛《と》びおりて、校門《こうもん》をかけぬけた。

そのまま教室《きょうしつ》までかけあがって、息《いき》を切《き》らしていると、和美《かずみ》が声《こえ》をかけてきた。

「どうしたの？」

「実《じつ》は……」

わたしが昨日《きのう》からの出来事《できごと》をかんたんに話《はな》すと、和美《かずみ》は深《ふか》くため息《いき》をついた。

「一回《いっかい》一錠《じょう》って言《い》われたでしょ？　それを守《まも》らないと、とんでもないことになるのよ」

和美《かずみ》によると、二十四時間《じかん》以内《いない》に二錠《じょう》以上《いじょう》、あの薬《くすり》を飲《の》むと、効果《こうか》が暴走《ぼうそう》してしまい、わたしを目《め》にした男性《だんせい》は、みんな強力《きょうりょく》な一目《ひとめ》ぼれ状態《じょうたい》になってしまうらしい。

しかも、その効果《こうか》は時間《じかん》がたつにつれて、どんどん強《つよ》くなるというのだ。

話《はなし》を聞《き》きおえて、わたしはハッとした。

いつの間《ま》にか、教室中《きょうしつじゅう》の男子《だんし》の目《め》が、すべてわたしにむけられている。

ガタガタガタ、といっせいに立《た》ちあがる音《おと》を合図《あいず》に、わたしはまた走《はし》りだした。

教室《きょうしつ》を飛《と》びだして、廊下《ろうか》を疾走《しっそう》する。

だけど、廊下《ろうか》ですれちがった子《こ》や、教室《きょうしつ》からわたしの姿《すがた》を見《み》かけただけの子《こ》まで加《くわ》わって、わたしを追《お》いかける集団《しゅうだん》はどんどん大《おお》きくなっていった。

先生《せんせい》に助《たす》けをもとめようにも、男《おとこ》の先生《せんせい》もたくさんいるので、職員室《しょくいんしつ》にも行《い》けない。

わたしは必死《ひっし》で学校中《がっこうじゅう》を逃《に》げまわった。

本当《ほんとう》は家《いえ》に帰《かえ》りたかったけど、こんな状態《じょうたい》で町中《まちなか》に出《で》たら、どんなパニックになるかわからない。

とにかく、二十四時間《じかん》がすぎて薬《くすり》の効果《こうか》が切《き》れるまで、逃《に》げつづけるしかないんだけど……。

気《き》がついたときには、わたしは体育館《たいいくかん》のうらに追《お》いつめられていた。

目《め》の前《まえ》には、数《かぞ》えきれないくらいの男子《だんし》が集《あつ》まっている。

そして、その先頭《せんとう》には、頭《あたま》に包帯《ほうたい》を巻《ま》いた佐々木《ささき》先輩《せんぱい》の姿《すがた》があった。

きっと、わたしのために病院《びょういん》をぬけだしてきたのだろう。

その姿《すがた》に、わたしは一瞬《いっしゅん》、今自分《いまじぶん》が置《お》かれている状況《じょうきょう》を忘《わす》れて、感動《かんどう》しそうになった。

「先輩《せんぱい》……」

「祥子《しょうこ》ちゃん……」

佐々木《ささき》先輩《せんぱい》が、わたしを強《つよ》く抱《だ》きしめる。

その後《うし》ろから、長島《ながしま》さんもせまってきて……。

意識《いしき》を失《うしな》う直前《ちょくぜん》、わたしが見《み》たものは、折《お》りかさなるようにしてのしかかってくる人《ひと》の山《やま》だった。

祠《ほこら》の前《まえ》に油揚《あぶらあ》げをお供《そな》えして、手《て》をあわせていると、

「おや、ひとりかい？」

すぐ後《うし》ろで声《こえ》がした。

ふりかえると、着物姿《きものすがた》の女《おんな》の子《こ》が首《くび》をかしげて立《た》っていた。

「あの子《こ》はどうしたんだい？」

「入院《にゅういん》してます」

和美《かずみ》は答《こた》えた。

「何十人《なんじゅうにん》っていう人《ひと》に押《お》しつぶされて、全身骨折《ぜんしんこっせつ》したみたいですよ。命《いのち》はなんとか助《たす》かったけど、何《なん》ヶ月《かげつ》かは入院《にゅういん》するそうです」

「おやおや。どうしてそんなことになったんだい？」

「薬《くすり》を二《ふた》つ、同時《どうじ》に飲《の》んじゃったみたいです」

それを聞《き》いて、女《おんな》の子《こ》は深《ふか》くため息《いき》をついた。

「二兎《にと》を追《お》うものは一兎《いっと》をも得《え》ず、って言《い》うのにねえ」

「二羽《にわ》の兎《うさぎ》を捕《つか》まえるこつは、一羽《いちわ》ずつ、順番《じゅんばん》に捕《つか》まえることなんですけどね」

和美《かずみ》は余裕《よゆう》の笑《え》みを浮《う》かべると、女《おんな》の子《こ》に一礼《いちれい》して、新《あたら》しい彼氏《かれし》とのデートへとむかった。

に

絵札《えふだ》の中《なか》では、女《おんな》の子《こ》が大量《たいりょう》の兎《うさぎ》の下《した》じきになって、つぶされている。

「まあ、あんまり欲《よく》ばると、ろくなことにならないっていうことかな」

「でも……たしかに二股《ふたまた》はよくないですけど、欲《ほ》しいものがいくつもあるのは、しかたがないんじゃないですか？」

わたしがおそるおそる反論《はんろん》すると、

「もちろん、願《ねが》いを叶《かな》えたいと思《おも》うこと自体《じたい》は、悪《わる》いことじゃないよ」

言彦《ことひこ》さんはやさしい声《こえ》で言《い》った。

「この話《はなし》の女《おんな》の子《こ》が、ひどい目《め》にあったのは、彼女《かのじょ》がルールをやぶったからなんだ」

「ルールを？」

「ほら、ほかの話《はなし》にもあっただろ？　はいってはいけない場所《ばしょ》とか、持《も》ちかえってはいけないものとか……怪談《かいだん》では、ルールをやぶったものは、罰《ばつ》を受《う》けることになってるんだ」

たしかに彼女《かのじょ》は、『ほれ薬《ぐすり》は一回《いっかい》一錠《じょう》』というルールをやぶってしまった。

「それじゃあ……」

わたしはごくりとつばを飲《の》みこんだ。

「わたしがルールをやぶったら、やっぱり罰《ばつ》を受《う》けるんですか？」

「やぶれたらね」

言彦《ことひこ》さんの言葉《ことば》に、わたしはグッと言葉《ことば》につまった。天井近《てんじょうちか》くにある、明《あ》かりとり用《よう》の小《ちい》さな窓《まど》を見《み》あげる。

扉《とびら》がなければ、蔵《くら》の外《そと》とつながってるのは、あの窓《まど》しかないんだけど……。

そんなわたしの様子《ようす》を見《み》て、言彦《ことひこ》さんは小《ちい》さく肩《かた》をすくめると、札《ふだ》をかまえた。

「さあ、次《つぎ》の札《ふだ》を読《よ》むよ」


「ほ　仏《ほとけ》の顔《かお》も鬼《おに》になる」


「はい」

わたしは間《ま》を置《お》かずに札《ふだ》を取《と》った。

こうなったら、とにかく早《はや》く終《お》わらせることだ。

そんなわたしの思《おも》いをよそに、言彦《ことひこ》さんはかわらずたんたんとした口調《くちょう》で話《はな》しだした。

「『仏《ほとけ》の顔《かお》も三度《ど》』ということわざは、知《し》ってるかな？　いくらやさしい仏様《ほとけさま》でも、顔《かお》を三度《ど》もなでられると、さすがに腹《はら》を立《た》てるように、おとなしい人《ひと》でも、あんまりひどいことを続《つづ》けてされると、いつかは怒《おこ》りだすっていう意《い》味《み》なんだけど……」

ほ 仏《ほとけ》の顔《かお》も鬼《おに》になる

「頼《たの》む！　今日《きょう》の掃除当番《そうじとうばん》、かわってくれ！」

放課後《ほうかご》の教室《きょうしつ》のかたすみで、ぼくはホトケにむかって手《て》をあわせた。

「母《かあ》さんに、どうしてもって用事《ようじ》を頼《たの》まれちゃってさ……」

「うん、いいよ」

ホトケは、もともと細《ほそ》い目《め》をさらに細《ほそ》くして、あっさりとうなずいた。

「ぼくは、別《べつ》に用事《ようじ》もないし……今日《きょう》の班長《はんちょう》は、坂上《さかがみ》さんだったよね？　坂上《さかがみ》さんには、ぼくから話《はな》しておくから」

「ありがとう」

ぼくはもう一度《いちど》手《て》をあわせると、ランドセルを手《て》に、学校《がっこう》を飛《と》びだした。

いつもの公園《こうえん》に到着《とうちゃく》すると、広《ひろ》いすべり台《だい》のついたドーム形《がた》の遊具《ゆうぐ》のてっぺんで、孝之《たかゆき》

が手《て》をふっていた。

「遅《おそ》いぞ、伸一郎《しんいちろう》」

「ごめん、ごめん。ちょっと、坂上《さかがみ》のやつに、つかまりそうになってさ」

ぼくが助走《じょそう》をつけて、すべり台《だい》を下《した》からかけあがると、

「あれ？　そういえば、今日《きょう》は掃除当番《そうじとうばん》じゃなかった？」

自分《じぶん》のカードを確認《かくにん》していた健《けん》が、顔《かお》をあげて言《い》った。

「うん。だから、ホトケさまにお願《ねが》いしてきた」

ランドセルをほうりだして、両手《りょうて》でおがむ格好《かっこう》をすると、みんなが笑《わら》い声《ごえ》をあげた。

「またかよ」

「ひってえなあ」

「おまえも先週《せんしゅう》、掃除当番《そうじとうばん》やらせてただろ」

「あいつ、毎日掃除《まいにちそうじ》してるんじゃないか？」

いっしょになって笑《わら》いながら、ぼくはランドセルから、トレーディングカードを取《と》りだした。

ホトケこと穂竹正義《ほたけまさよし》が、ぼくらの学校《がっこう》に転校《てんこう》してきたのは、今《いま》からちょうど一ヶ月前《いっかげつまえ》——二学期《がっき》の始業式《しぎょうしき》のことだった。

目《め》が細《ほそ》くて、おでこに大《おお》きなほくろがあるその顔立《かおだ》ちが、大仏様《だいぶつさま》にそっくりだったのと、「穂竹《ほたけ》」という苗字《みょうじ》から、みんなすぐに「ホトケ」を連想《れんそう》したんだけど、じっさいに呼《よ》びはじめたのは孝之《たかゆき》だった。

始業式《しぎょうしき》の次《つぎ》の日《ひ》に、席《せき》がえがあったんだけど、教卓《きょうたく》のまん前《まえ》になった孝之《たかゆき》が、

「だれか、かわってくれないかなー」

とぼやいていると、

「ぼくでよかったら、かわろうか？」

ホトケがにこにこしながら、席《せき》がえのくじを孝之《たかゆき》にさしだしたのだ。

「まじ？　ラッキー！」

孝之《たかゆき》は大《おお》よろこびして、ホトケを両手《りょうて》でおがんだ。

「ありがとう、穂竹《ほたけ》さま——いや、ホトケさま」

それがウケて、それ以来《いらい》、男子《だんし》のほとんどは穂竹《ほたけ》のことを「ホトケ」とか「ホトケさ

ま」と呼《よ》ぶようになった。

じっさい、ホトケは顔《かお》と名前《なまえ》だけじゃなく、心《こころ》の広《ひろ》さまで、まるで仏様《ほとけさま》のようだった。

掃除《そうじ》とか給食《きゅうしょく》の当番《とうばん》は、頼《たの》めばかならずかわってくれるし、宿題《しゅくだい》を見《み》せてほしいって言《い》っても、絶対《ぜったい》に断《ことわ》らない。

今日《きょう》も、母《かあ》さんに用事《ようじ》を頼《たの》まれたというのはウソで、みんなとカードでバトルをする約束《やくそく》があっただけなんだけど、ホトケはまったくうたがうことなく、当番《とうばん》をかわってくれたのだ。

「よし。それじゃあ、そろそろはじめようぜ」

孝之《たかゆき》の言葉《ことば》に、ぼくたちは自分《じぶん》のデッキをかまえた。


次《つぎ》の日《ひ》。教室《きょうしつ》にはいるなり、ぼくは坂上《さかがみ》につかまった。

女子《じょし》の学級委員《がっきゅういいん》で、すごくまじめというか、正義感《せいぎかん》が強《つよ》いのだ。

「昨日《きのう》、また掃除《そうじ》をさぼったでしょ」

坂上《さかがみ》はぼくを教室《きょうしつ》のすみにひっぱると、腰《こし》に手《て》をあててにらんできた。

「さぼってねえよ。かわってもらっただけだって」

「ウソ。また穂竹《ほたけ》くんに無理《むり》やりやらせたんでしょ」

「無理《むり》やりじゃないって。そんなに言《い》うなら、本人《ほんにん》に聞《き》いてみればいいだろ」

「穂竹《ほたけ》くんがそんなこと、言《い》うわけないじゃない」

「まあまあまあ」

孝之《たかゆき》がとつぜんあらわれて、ぼくたちのあいだにはいった。

「いいじゃないか。ホトケさまは、よろこんでやってくれてるんだから」

「そんなこと言《い》って……」

坂上《さかがみ》はきびしい表情《ひょうじょう》で言《い》った。

「穂竹《ほたけ》くんも、そのうち怒《おこ》るわよ。『仏《ほとけ》の顔《かお》も三度《ど》』って言《い》うでしょ」

「仏《ほとけ》の顔《かお》も……なんだって？」

国語《こくご》が苦手《にがて》な孝之《たかゆき》が、まゆをよせる。

「心《こころ》のひろーい仏様《ほとけさま》でも、三回《かい》も顔《かお》をなでられたら、さすがに怒《おこ》りだすって意味《いみ》だよ」

ぼくが意味《いみ》を教《おし》えてやると、

「それって、三回《かい》までならオッケーなのか？　それとも、三回目《かいめ》には爆発《ばくはつ》するの？」

孝之《たかゆき》が真顔《まがお》で聞《き》いてきた。

「え？　えーっと……」

坂上《さかがみ》を見《み》ると、坂上《さかがみ》もこまった顔《かお》で首《くび》をひねっている。

「『仏《ほとけ》の顔《かお》も三度《ど》まで』って言《い》われることもあるから、三回《かい》までは大丈夫《だいじょうぶ》っぽいけど、もともとは『仏《ほとけ》の顔《かお》も三度《ど》』だから、三回目《かいめ》には怒《おこ》りだすような気《き》もするし……っていうか、わたしが言《い》いたいのは、そういうことじゃなくて……」

律儀《りちぎ》に解説《かいせつ》してから声《こえ》を荒《あら》らげる坂上《さかがみ》をよそに、ぼくと孝之《たかゆき》は顔《かお》を見《み》あわせて、にやりと笑《わら》った。どうやら、考《かんが》えていることは同《おな》じのようだ。

「ちょっと。なに考《かんが》えてるのよ」

不安《ふあん》そうにまゆをひそめる坂上《さかがみ》を無視《むし》して、ぼくたちはその場《ば》をはなれると、仲《なか》のいい健《けん》と公彦《きみひこ》に声《こえ》をかけた。

二人《ふたり》とも、ぼくと孝之《たかゆき》の話《はなし》を聞《き》くと「おもしろそうじゃん」とのってきた。

ぼくたちが立《た》てた計画《けいかく》はこうだ。

ホトケに対《たい》して、いつもよりもはげしい、いたずらをしかけてみる。

そして、ホトケが三回目《かいめ》までに怒《おこ》りだすかどうかを賭《か》けるのだ。

「でも、もし何回《なんかい》やっても怒《おこ》らなかったら、どうするんだよ」

健《けん》の言葉《ことば》に、

「そのときは、ホトケは本物《ほんもの》の仏様《ほとけさま》よりも心《こころ》が広《ひろ》かったってことだろ」

ぼくが答《こた》えて、みんなが笑《わら》った。


賭《か》けはさっそく、次《つぎ》の日《ひ》の放課後《ほうかご》からはじまった。

ホトケを体育館《たいいくかん》のうらに呼《よ》びだして、

「おーい、こっちに来《こ》いよー」

健《けん》が手招《てまね》きをすると、ホトケはなんのうたがいも見《み》せずに近《ちか》づいてきて、腰《こし》までズボッと落《お》とし穴《あな》にはまった。

そんなことされたら、ふつうは怒《おこ》ると思《おも》うんだけど、ホトケはちょっとこまった顔《かお》で、

「あー、びっくりした」

と言《い》うだけだった。

二回目《かいめ》は、その二日後《ふつかご》。校舎《こうしゃ》の裏手《うらて》にホトケを立《た》たせておいて、二階《かい》の窓《まど》からバケツの水《みず》をかけたのだ。

これはさすがに怒《おこ》るかな、と思《おも》ったんだけど、

「ごめーん。手《て》がすべっちゃって」

窓《まど》から孝之《たかゆき》が顔《かお》を出《だ》して、手《て》をふりながらわざとらしくあやまると、

「いいよ、いいよ。気《き》にしないで」

頭《あたま》からびしょ濡《ぬ》れになったホトケは、動《どう》じる様子《ようす》もなく、にこにこと手《て》をふりかえした。

「――次《つぎ》はどうする？」

教室《きょうしつ》のすみで、ぼくたちは三回目《かいめ》のいたずらをなににするか相談《そうだん》していた。

ここでもし怒《おこ》らなければ、三回目《かいめ》で怒《おこ》る方《ほう》に賭《か》けたぼくは、賭《か》けに負《ま》けることになる。

「あんまりひどいことをするのはなしだぞ」

三回《かい》やっても怒《おこ》らない方《ほう》に賭《か》けている孝之《たかゆき》が、念《ねん》を押《お》すように言《い》った。

「わかってるよ」

話《はな》し合《あ》いの結果《けっか》、三回目《かいめ》は、教室《きょうしつ》の後《うし》ろにある掃除道具《そうじどうぐ》いれのロッカーに閉《と》じこめることになった。

すぐに助《たす》けだしたのではおもしろくないので、下校時刻《げこうじこく》の直前《ちょくぜん》に閉《と》じこめて、陽《ひ》が暮《く》れてから、学校《がっこう》に一番家《いちばんいえ》の近《ちか》い健《けん》が助《たす》けにいくことにする。

「さすがのホトケも、夜《よる》まで閉《と》じこめられたら怒《おこ》るんじゃないか？」

「いやあ、ホトケの顔《かお》は三度《ど》まで大丈夫《だいじょうぶ》だって」

そんな軽口《かるくち》をたたきながら、ぼくたちはホトケを呼《よ》びにいった——


健《けん》のお母《かあ》さんから電話《でんわ》があったのは、その日《ひ》の夜《よる》のことだった。

夕《ゆう》ごはんの前《まえ》に、

「ちょっと、友《とも》だちのところに行《い》ってくる」

と言《い》って家《いえ》を出《で》たまま、帰《かえ》ってこないというのだ。

「さあ……うちには来《き》てませんけど……」

電話《でんわ》でそう答《こた》えたぼくは、すぐに孝之《たかゆき》と公彦《きみひこ》に電話《でんわ》をかけた。

案《あん》の定《じょう》、二人《ふたり》のところにも、健《けん》のお母《かあ》さんから同《おな》じ電話《でんわ》がかかっていた。

「もしかしたら、学校《がっこう》でなにかあったんじゃないか？　階段《かいだん》から落《お》ちて、気《き》を失《うしな》ってるとか……」

公彦《きみひこ》は震《ふる》える声《こえ》で言《い》った。

もしホトケを助《たす》ける前《まえ》になにかあったとしたら、ホトケもロッカーの中《なか》に閉《と》じこめられたままということになる。

さすがにまずいと思《おも》ったぼくたちは、学校《がっこう》に集《あつ》まることにした。

宿題《しゅくだい》を学校《がっこう》に忘《わす》れてきたから、ちょっと取《と》ってくる、と母《かあ》さんに言《い》って、家《いえ》を出《で》る。

学校《がっこう》の前《まえ》で待《ま》っていると、少《すこ》し遅《おく》れて孝之《たかゆき》と公彦《きみひこ》が到着《とうちゃく》した。

フェンスのやぶれ目《め》から中《なか》にはいって、鍵《かぎ》のこわれた一階《かい》のトイレの窓《まど》から校舎《こうしゃ》にはいる。

足音《あしおと》をしのばせながら階段《かいだん》をのぼって、教室《きょうしつ》にやってきたぼくたちは、目《め》の前《まえ》の光景《こうけい》に言葉《ことば》を失《うしな》った。

教室《きょうしつ》のドアはこわされ、ロッカーの扉《とびら》も、まるで紙《かみ》のように引《ひ》きちぎられて、床《ゆか》にほうりだされていたのだ。

ぼくたちが顔《かお》を見《み》あわせていると、

「今《いま》から鬼《おに》ごっこをはじめます」

教室《きょうしつ》のスピーカーから、地《ち》の底《そこ》からわきでてくるような、低《ひく》い声《こえ》が聞《き》こえてきた。

続《つづ》いて、廊下《ろうか》の方《ほう》から、

ドシン……ドシン……

校舎全体《こうしゃぜんたい》がゆれるような振動《しんどう》が近《ちか》づいてくる。ぼくたちが身動《みうご》きできずにいると、

バアァァンッ！

耳《みみ》をつんざくようなはげしい音《おと》とともに、教室《きょうしつ》のドアがはじけとんで、巨大《きょだい》な影《かげ》がきゅうくつそうに、入《い》り口《ぐち》をくぐってあらわれた。

その姿《すがた》を見《み》て、ぼくは目《め》をうたがった。

それは、真《ま》っ赤《か》な顔《かお》に、もじゃもじゃの頭《あたま》から二本《ほん》の角《つの》を生《は》やした鬼《おに》だったのだ。

身長《しんちょう》は教室《きょうしつ》の天井《てんじょう》に頭《あたま》がつくほどで、腰巻《こしま》き以外《いがい》、なにも身《み》につけていない。

そして、鬼《おに》の右手《みぎて》には、意識《いしき》を失《うしな》った健《けん》が、頭《あたま》をつかまれてぶらさがっていた。

「うわ――――っ！」

ぼくたちは、鬼《おに》がはいってきたのとは反対側《はんたいがわ》のドアから、教室《きょうしつ》を飛《と》びだした。

そのまま、廊下《ろうか》を全速力《ぜんそくりょく》で走《はし》りだす。

鬼《おに》は、健《けん》をその場《ば》にほうりだすと、その大《おお》きな体《からだ》からは想像《そうぞう》もできないような速《はや》さで、ぼくたちを追《お》いかけてきた。

「わっ！」

廊下《ろうか》を曲《ま》がる直前《ちょくぜん》で、公彦《きみひこ》が足《あし》をもつれさせてころんだ。

「公彦《きみひこ》！」

ぼくは足《あし》をとめて、助《たす》けにもどろうとした。

だけど、それよりも早《はや》く、鬼《おに》の手《て》が公彦《きみひこ》の足《あし》をつかんで、ひょいと持《も》ちあげた。

「なにしてるんだ！　逃《に》げるぞ！」

孝之《たかゆき》がぼくの手《て》をつかんで、廊下《ろうか》を曲《ま》がって走《はし》りだす。

ぼくも、後《うし》ろを見《み》ないようにして、必死《ひっし》で走《はし》った。

ドォン、ドォンという足音《あしおと》が、後《うし》ろから追《お》いかけてくる。

ぼくたちが三歩《ぽ》か四歩《ほ》で進《すす》むところを、鬼《おに》は一歩《いっぽ》でとどいてしまうのだ。

それでも、曲《ま》がり角《かど》と階段《かいだん》を使《つか》って、少《すこ》しずつ距離《きょり》をひろげると、ぼくたちは手近《てぢか》な教《きょう》室《しつ》に飛《と》びこんだ。

教卓《きょうたく》の下《した》に二人《ふたり》で隠《かく》れて、息《いき》をひそめる。

「……なあ」

孝之《たかゆき》が小声《こごえ》で話《はな》しかけてきた。

「あれ、もしかして、ホトケじゃないか？」

「あれって……？」

「だから、さっきの鬼《おに》だよ」

ぼくは目《め》をまるくした。

「まさか」

「だけど、おでこにほくろが……」

バァンッ！


ドアがぶちやぶられる、はげしい音《おと》がして、ぼくたちは口《くち》をつぐんだ。

小《ちい》さくなって息《いき》を殺《ころ》していると、次《つぎ》の瞬間《しゅんかん》、急《きゅう》に教卓《きょうたく》が消《き》えた。

顔《かお》をあげると、鬼《おに》が教卓《きょうたく》を片手《かたて》で持《も》ちあげている。

孝之《たかゆき》が、鬼《おに》のそばをすりぬけるようにして、出口《でぐち》にむかって走《はし》りだす。

鬼《おに》は、その巨体《きょたい》からは想像《そうぞう》もできないような素早《すばや》さでふりかえると、孝之《たかゆき》のあとを追《お》った。

ぼくは孝之《たかゆき》とは逆《ぎゃく》の方向《ほうこう》――教室《きょうしつ》の奥《おく》に走《はし》った。

廊下《ろうか》から、孝之《たかゆき》の悲鳴《ひめい》が聞《き》こえてくる。

孝之《たかゆき》が捕《つか》まってしまえば、鬼《おに》はすぐにまた教室《きょうしつ》にもどってくるだろう。

ぼくはとっさに、掃除道具《そうじどうぐ》いれのロッカーに飛《と》びこんだ。

中《なか》から扉《とびら》を閉《し》めて、細《ほそ》く開《ひら》いたすきまから、外《そと》の様子《ようす》をうかがう。

蹴《け》ちらされた机《つくえ》と椅子《いす》がわずかに見《み》えるけど、今《いま》のところ、鬼《おに》の姿《すがた》は見《み》えない。

ぼくは大《おお》きく息《いき》をついた。

中《なか》はモップとかバケツがはいっていて、立《た》っているだけでせいいっぱいだ。

あまりの狭《せま》さに、息《いき》が苦《くる》しくなる。

ぼくたちは、ホトケをこんなところに閉《と》じこめていたんだ……。

ぼくが唇《くちびる》をかみしめていると、とつぜん、ロッカーの中《なか》がまっ暗《くら》になった。


「みいつけた……」


すぐそばから、低《ひく》い声《こえ》が聞《き》こえてくる。

え？　と思《おも》って顔《かお》をあげると、次《つぎ》の瞬間《しゅんかん》、体《からだ》がロッカーごと、ふわりと浮《う》いて、そのまま床《ゆか》にたたきつけられた。

開《ひら》いた扉《とびら》からほうりだされたぼくが、気《き》を失《うしな》う寸前《すんぜん》に目《め》にしたのは、目《め》の細《ほそ》い、おでこにほくろのある赤鬼《あかおに》が、大《おお》きく口《くち》を開《あ》けてせまってくる光景《こうけい》だった……。

目《め》を覚《さ》ますと、病院《びょういん》のベッドの上《うえ》だった。

そばの椅子《いす》に座《すわ》っていた母《かあ》さんが、ぼくの顔《かお》をのぞきこむ。

「気《き》がついた？　大丈夫《だいじょうぶ》？」

助《たす》かったんだ……。

ホッとしたぼくは、母《かあ》さんに抱《だ》きつくと、大声《おおごえ》で泣《な》きだした。

あとで聞《き》いた話《はなし》では、校内《こうない》を巡回《じゅんかい》していた警備員《けいびいん》さんが、気《き》を失《うしな》ってたおれているぼくたちを発見《はっけん》したらしい。四人《にん》とも、ころんだときにできたすり傷《きず》や打《う》ち身《み》程度《ていど》で、大《おお》きなけがはしていなかったそうだ。

事情《じじょう》を聞《き》きにきた先生《せんせい》に、ぼくはすべてを正直《しょうじき》に打《う》ちあけた。

もちろん、めちゃくちゃ怒《おこ》られたけど、それよりもショックだったのは、鬼《おに》に追《お》いかけられたという話《はなし》を、ぜんぜん信《しん》じてもらえなかったことだった。

先生《せんせい》の話《はなし》では、椅子《いす》がいくつかたおれていただけで、ドアやロッカーはまったくの無傷《むきず》だったらしい。

ちなみにホトケは、ロッカーが偶然《ぐうぜん》開《ひら》いたので、暗《くら》くなる前《まえ》に自力《じりき》で家《いえ》に帰《かえ》ったということだった。

週明《しゅうあ》けに登校《とうこう》したぼくたちが、ホトケにあやまると、ホトケはいつもと同《おな》じ笑顔《えがお》で、いいよいいよ、と言《い》ってくれた。

そんなホトケを見《み》ていると、あれはやっぱり夢《ゆめ》だったのかもしれない、という気《き》がしてくる。

ホトケの転校《てんこう》がとつぜん発表《はっぴょう》されたのは、それから数日後《すうじつご》のことだった。

担任《たんにん》に呼《よ》ばれて、みんなの前《まえ》に立《た》ったホトケは、

「短《みじか》いあいだだったけど、仲《なか》よくしてくれてありがとう」

そう言《い》って、頭《あたま》をさげた。

最後《さいご》に、一人《ひとり》ずつあいさつすることになって、ぼくが握手《あくしゅ》をしながら、

「ひどいことして、ごめんな」

と言《い》うと、ホトケは細《ほそ》い目《め》をさらに細《ほそ》めて、にやりと笑《わら》いながら言《い》った。

「またやろうね。鬼《おに》ごっこ」

ほ

「やさしそうに見《み》える人《ひと》でも、ある日《ひ》とつぜん鬼《おに》になることもあるから、気《き》をつけないとね」

絵札《えふだ》では、仏様《ほとけさま》の顔《かお》が鬼《おに》になって、片手《かたて》でつかんだ男《おとこ》の子《こ》を、頭《あたま》からまるかじりにしようとしている。

言彦《ことひこ》さんの言葉《ことば》を聞《き》きながら、わたしはお母《かあ》さんのことを思《おも》いだしていた。

いつもはやさしいお母《かあ》さんも、怒《おこ》ると鬼《おに》みたいに怖《こわ》いときもある。

でも、それは怒《おこ》るっていうより、わたしのことを心配《しんぱい》してくれているんだよね……。

家《いえ》を飛《と》びだす直前《ちょくぜん》にお母《かあ》さんが見《み》せた、かなしそうな顔《かお》が頭《あたま》に浮《う》かぶ。

帰《かえ》りたい、と思《おも》った。

帰《かえ》って、お母《かあ》さんにあやまりたい。

だけど――

わたしは言彦《ことひこ》さんの顔《かお》をじっと見《み》つめた。

今《いま》はやさしく微笑《ほほえ》んでいる言彦《ことひこ》さんも、わたしがルールをやぶろうとしたら、いつ角《つの》や牙《きば》を出《だ》してくるかわからない。

「さあ、次《つぎ》の札《ふだ》を読《よ》むよ」

そんなわたしの思《おも》いをよそに、言彦《ことひこ》さんは読《よ》み札《ふだ》をかまえた。

「へ　下手《へた》な鉄砲《てっぽう》も数《かず》うちゃ自滅《じめつ》」

「はい」

わたしは手《て》をのばして札《ふだ》を取《と》った。

「もとのことわざは、『下手《へた》な鉄砲《てっぽう》も数《かず》うちゃあたる』――鉄砲《てっぽう》が下手《へた》な人《ひと》でも、たくさんうてば一発《いっぱつ》ぐらいは命中《めいちゅう》するっていう意味《いみ》だけど……」

言彦《ことひこ》さんは、にやりと笑《わら》った。

「あんまり数《かず》ばかりに頼《たよ》っていると、手痛《ていた》いしっぺがえしを食《く》らうこともあるんだよ」

へ　下手《へた》な鉄砲《てっぽう》も、数《かず》うちゃ自滅《じめつ》

「おーい、浩介《こうすけ》。こっち、こっち」

大声《おおごえ》で名前《なまえ》を呼《よ》ぶ声《こえ》に、ぼくはあわてて自転車《じてんしゃ》のブレーキをかけた。あたりを見《み》まわすと、交差点《こうさてん》のむこう側《がわ》で、穴《あな》のあいたジーンズをはいた和行《かずゆき》さんが手《て》をふっている。

信号《しんごう》がかわるのを待《ま》って道《みち》をわたると、和行《かずゆき》さんは笑顔《えがお》でぼくの肩《かた》をたたいた。

「よく来《き》たな。受験勉強《じゅけんべんきょう》、いそがしいんじゃないのか？」

「まだ半年以上《はんとしいじょう》あるから、大丈夫《だいじょうぶ》だよ。それより、本当《ほんとう》に一人暮《ひとりぐ》らしをはじめたんだね」

ぼくは自転車《じてんしゃ》をおりて、和行《かずゆき》さんとならんで歩《ある》きだした。

和行《かずゆき》さんは、ぼくの父《とう》さんのお兄《にい》さんの子《こ》ども――つまり、ぼくのいとこにあたる。

八《やっ》つ年上《としうえ》の二十歳《はたち》で、去年《きょねん》、某国立大学《ぼうこくりつだいがく》の法学部《ほうがくぶ》に現役合格《げんえきごうかく》して、伯父《おじ》さんたちをよろこばせたんだけど、今年《ことし》の春《はる》、とつぜんその大学《だいがく》をやめてしまった。

なんでも、サークルではじめた演劇《えんげき》にすっかりはまってしまって、本格的《ほんかくてき》に役者《やくしゃ》の道《みち》を目指《めざ》すことにしたのだそうだ。

もちろん伯父《おじ》さんは猛反対《もうはんたい》で、大げんかの末《すえ》、和行《かずゆき》さんは家《いえ》を飛《と》びだした。

それからしばらくは、劇団《げきだん》の知《し》り合《あ》いのところを転々《てんてん》としていたらしい。

一人《ひとり》っ子《こ》のぼくにとって、和行《かずゆき》さんは小《ちい》さいころから兄《にい》さんみたいな存在《そんざい》だったから、心配《しんぱい》してたんだけど、なにしろ親戚中《しんせきじゅう》の反対《はんたい》を押《お》しきっての退学《たいがく》だったので、おおっぴらに連絡《れんらく》をとることもできなかった。

それが、先週《せんしゅう》になって、ようやく落《お》ちつき先《さき》が決《き》まったと、こっそり連絡《れんらく》がはいったのだ。

しかも、場所《ばしょ》を聞《き》いてみると、ぼくが通《かよ》っている塾《じゅく》の近《ちか》くだったので、今日《きょう》はさっそく塾《じゅく》の帰《かえ》りに遊《あそ》びにきたのだった。

和行《かずゆき》さんの新居《しんきょ》は、大通《おおどお》りから少《すこ》しはいった細《ほそ》い路地沿《ろじぞ》いにあった。

木造《もくぞう》二階建《かいだ》てのアパートで、白《しろ》かったはずの壁《かべ》はずいぶんくすんでたし、鉄製《てっせい》の外階段《そとかいだん》にもさびが浮《う》いていたけど、思《おも》ったよりもきれいで、ぼくは少《すこ》しホッとした。

親《おや》からの仕送《しおく》りがいっさいなしの一人暮《ひとりぐ》らしと聞《き》いていたので、もっとぼろぼろのアパートを想像《そうぞう》していたのだ。

各階《かくかい》には、部屋《へや》が四《よっ》つずつならんでいて、和行《かずゆき》さんの部屋《へや》は二階《かい》の一番手前《いちばんてまえ》、階段《かいだん》をあがってすぐのところだった。

「どうぞ」

部屋《へや》の中《なか》は、外《そと》から見《み》るよりも、さらにきれいだった。

「ここって、家賃《やちん》いくらなの？」

ぼくがたずねると、和行《かずゆき》さんは無言《むごん》で右手《みぎて》を開《ひら》いて、そこに左手《ひだりて》の指《ゆび》を三本《ぼん》そえた。

「八万円《まんえん》？」

「まさか」

和行《かずゆき》さんはにやりと笑《わら》って言《い》った。

「八千円《はっせんえん》だよ」

「は、は、八千円《はっせんえん》？」

小学生《しょうがくせい》のぼくでも、さすがにそれが常識外《じょうしきはず》れの金額《きんがく》だということはわかる。

「和行《かずゆき》さん、ここ、ほんとに大丈夫《だいじょうぶ》？　なにかあるんじゃないの？」

「なにかって、なにが？」

「だから、人《ひと》が死《し》んでるとか……」

だけど、和行《かずゆき》さんは緊張感《きんちょうかん》のない表情《ひょうじょう》で「大丈夫《だいじょうぶ》、大丈夫《だいじょうぶ》」と手《て》をふった。

「もし、その部屋《へや》で自殺《じさつ》とか殺人事件《さつじんじけん》があったら、不動産屋《ふどうさんや》はそのことを借《か》り主《ぬし》に言《い》わないといけないって、法律《ほうりつ》で決《き》まってるんだから」

「でも……」

法律《ほうりつ》で決《き》まっているからといって、その不動産屋《ふどうさんや》が法律《ほうりつ》を守《まも》ってるとはかぎらないんじゃ……と思《おも》ったけど、せっかくの新居《しんきょ》に、あまりケチをつけるのも悪《わる》いので、その日《ひ》はそれ以上《いじょう》なにも言《い》わず、今練習《いまれんしゅう》しているお芝居《しばい》の話《はなし》なんかを聞《き》いて、家《いえ》に帰《かえ》った。

和行《かずゆき》さんから連絡《れんらく》があったのは、それから二日後《ふつかご》のことだった。

晩《ばん》ごはんを食《た》べて、部屋《へや》で宿題《しゅくだい》をしていたら、ぼくの携帯《けいたい》に電話《でんわ》がかかってきたのだ。

「ここ、ちょっとやばいかも」

電話《でんわ》に出《で》るなり、和行《かずゆき》さんは声《こえ》をひそめて言《い》った。

和行《かずゆき》さんの話《はなし》によると、一昨日《おとつい》の夜《よる》、夜中《よなか》の二時《じ》ごろにふと目《め》が覚《さ》めて、水《みず》を飲《の》もうと起《お》きあがると、部屋《へや》の外《そと》から、

カン、カン、カン、カン、カン

と、階段《かいだん》をのぼる足音《あしおと》が聞《き》こえてきたというのだ。

「……それだけ？」

目《め》を覚《さ》ましたら、部屋《へや》の中《なか》に首《くび》を吊《つ》った女《おんな》の人《ひと》の幽霊《ゆうれい》が——とか、そんな話《はなし》を予想《よそう》していたぼくは、拍子ぬけした。

「二階《かい》に住《す》んでる人《ひと》が、帰《かえ》ってきただけなんじゃないの？」

和行《かずゆき》さんの部屋《へや》は階段《かいだん》のすぐそばだし、あのあたりは学生《がくせい》の一人暮《ひとりぐ》らしも多《おお》いから、そんな時間《じかん》に帰《かえ》る人《ひと》がいても不思議《ふしぎ》はないと思《おも》ったんだけど、

「それにしても、おかしいんだよ」

和行《かずゆき》さんは語気《ごき》を強《つよ》めて、その足音《あしおと》は五回《かい》しか鳴《な》らなかったのだと言《い》った。

「あの階段《かいだん》、十段以上《だんいじょう》あるんだぞ」

「だれかがアパートをまちがえたんじゃないの？　それで、途中《とちゅう》で気《き》づいて引《ひ》きかえしたとか」

ぼくがそう言《い》うと、和行《かずゆき》さんは「それが……」とつぶやいた。

「気《き》になって、昨夜《ゆうべ》もそのくらいの時間《じかん》に起《お》きてみたんだけど……」

やっぱり夜中《よなか》の二時《じ》ごろ、カン、カン、カン、と階段《かいだん》をのぼる音《おと》が聞《き》こえてきたのだそうだ。

「それって、やっぱり五回聞《かいき》こえたの？」

「それが、昨夜《ゆうべ》は六回《ろっかい》だったんだ」

その言葉《ことば》の意味《いみ》を考《かんが》えて、ぼくはゾワッと鳥肌《とりはだ》がたった。

一昨日《おととい》の夜《よる》が五回《かい》。

そして、昨夜《ゆうべ》が六回《ろっかい》。

一晩《ひとばん》に一段《だん》ずつ、近《ちか》づいてきているのだ。

「――やっぱり、その部屋《へや》やめた方《ほう》がいいんじゃない？」

心配《しんぱい》になってそう言《い》うと、和行《かずゆき》さんは電話《でんわ》のむこうで「うーん……」とうなった。

「でも、家賃《やちん》が安《やす》いんだよなあ……」

「それはそうだけど……なにかあってからじゃ、遅《おそ》いんだよ」

和行《かずゆき》さんは、しばらく考《かんが》えていたみたいだったけど、

「とりあえず、もうしばらく様子《ようす》を見《み》てからにするよ」

結局《けっきょく》、そんな台詞《せりふ》を口《くち》にした。

「大丈夫《だいじょうぶ》？」

「階段《かいだん》は十二段《だん》か十三段《だん》くらいあったから、一日《にち》一段《だん》ずつ近《ちか》づいてきたとしても、まだ一《いっ》週間《しゅうかん》くらいはあるだろ？　そのあいだに、なにか対策《たいさく》を考《かんが》えてみるよ」


翌日《よくじつ》。やっぱり気《き》になって塾《じゅく》の帰《かえ》りにアパートに立《た》ちよったぼくは、階段《かいだん》をのぼろうとして、ギョッと足《あし》をとめた。

鉄製《てっせい》の階段《かいだん》の表面《ひょうめん》に、小《ちい》さな足跡《あしあと》が赤《あか》く浮《う》かびあがっていたのだ。

おそるおそる顔《かお》を近《ちか》づけてみると、それはどうやら、赤茶色《あかちゃいろ》のさびのようだった。

だけど、足《あし》の形《かたち》をしたさびが、偶然片足《ぐうぜんかたあし》ずつ、しかも交互《こうご》に階段《かいだん》にあらわれるなんてことがあるだろうか。

足跡《あしあと》は七段目《だんめ》を最後《さいご》にとぎれていた。

二階《かい》の廊下《ろうか》を数《かず》にいれると、二階《かい》までは十四段《だん》。

十四日目《じゅうよっかめ》にはなにが起《お》こるんだろう、と思《おも》いながら、和行《かずゆき》さんの部屋《へや》をノックする。

だけど、しばらく待《ま》っても返事《へんじ》はなかった。

ためしにドアノブをまわすと、鍵《かぎ》がかかっている。

まさか、中《なか》でたおれたりしてないよね……心配《しんぱい》になって、ノブをガチャガチャとまわしていると、となりの部屋《へや》のドアが開《ひら》いた。

和行《かずゆき》さんよりも、少《すこ》し年上《としうえ》の男《おとこ》の人《ひと》が、ジャージ姿《すがた》であらわれる。

男《おとこ》の人《ひと》は、ドアの前《まえ》に立《た》つぼくの姿《すがた》を見《み》て、一瞬《いっしゅん》おどろいた顔《かお》を見《み》せたけど、すぐに表情《ひょうじょう》をゆるめて、話《はな》しかけてきた。

「おとなりさんなら、ちょっと前《まえ》に出《で》かけたみたいだよ」

「あ、そうですか。ありがとうございます」

たぶん、お芝居《しばい》の練習《れんしゅう》かアルバイトだろう。

しかたがないので出《で》なおそうとしたぼくは、ふと思《おも》いついて、男《おとこ》の人《ひと》に声《こえ》をかけた。

「あの……この部屋《へや》って、なにかあるんですか？」

「なにかって？」

男《おとこ》の人《ひと》はうかがうような目《め》でぼくを見《み》た。

「ぼく、ここに住《す》んでる人《ひと》のいとこなんですけど、なんだかすごく家賃《やちん》が安《やす》いみたいだから、もしかしたら、事故《じこ》とか事件《じけん》とかがあったのかなって……」

「そんなことはないよ」

男《おとこ》の人《ひと》は首《くび》をふった。

「ぼくも、住《す》んでる人《ひと》がしょっちゅういれかわるから、気《き》になって不動産屋《ふどうさんや》に聞《き》いたことがあるんだけど、いわゆる事故物件《じこぶっけん》ではないらしい」

事故物件《じこぶっけん》というのは、そこでだれかが自殺《じさつ》したり、殺人事件《さつじんじけん》があった部屋《へや》や家《いえ》のことだ。

「そんなにころころかわるんですか？」

「うん。どういうわけか、みんな二週間《しゅうかん》以内《いない》にひっこししていっちゃうんだ」

二週間《しゅうかん》——つまり、十四日以内《じゅうよっかいない》ということだ。

昨日《きのう》の足音《あしおと》の話《はなし》と、さっきの階段《かいだん》の数《かず》を思《おも》いだして、ぼくはまたゾッとした。

「みんな、どうしてそんなに早《はや》くひっこしていくんですか？」

ぼくがたずねると、男《おとこ》の人《ひと》は肩《かた》をすくめた。

「聞《き》いたことはないな。だって……」

聞《き》いちゃうと、ぼくもここに住《す》めなくなりそうだしね——男《おとこ》の人《ひと》はそう言《い》うと、気弱《きよわ》げに笑《わら》った。


その日《ひ》の夜《よる》。

ぼくは和行《かずゆき》さんに電話《でんわ》をかけて、となりの人《ひと》から聞《き》いた話《はなし》を伝《つた》えた。

「やっぱり、二週間以内《しゅうかんいない》にひっこした方《ほう》がいいんじゃない？」

ぼくがそう言《い》うと、和行《かずゆき》さんは、

「でもなあ……二週間以上住《しゅうかんいじょうす》む方《ほう》に賭《か》けちゃったからなあ……」

とんでもないことを言《い》いだした。

どうやら劇団《げきだん》の人《ひと》と、二週間《しゅうかん》以上《いじょう》その部屋《へや》に住《す》みつづけられるかどうか、賭《か》けをしたらしい。

「足音《あしおと》の話《はなし》をしたら、みんなのってきちゃってさ……」

苦笑《くしょう》する和行《かずゆき》さんに、ぼくはあきれて言葉《ことば》も出《で》なかった。

だまりこんでしまったぼくに、和行《かずゆき》さんは言《い》いわけするように続《つづ》けた。

「大丈夫《だいじょうぶ》だって。劇団《げきだん》の中《なか》にも、ぼくが二週間《しゅうかん》以上《いじょう》住《す》みつづける方《ほう》に賭《か》けてるやつがいて、今《いま》、対策《たいさく》を考《かんが》えてもらってるところだから」


和行《かずゆき》さんがひっこしてから、二週間目《しゅうかんめ》の夕方《ゆうがた》。

〈対策《たいさく》〉が完成《かんせい》したから、見《み》にこないかとさそわれたぼくは、アパートをたずねた。

階段《かいだん》に浮《う》かびあがった足跡《あしあと》は、十三段目《だんめ》――廊下《ろうか》の手前《てまえ》までせまっている。

やっぱり、連《つ》れて帰《かえ》ろう――そう心《こころ》に決《き》めて、階段《かいだん》をのぼりきったぼくは、ノックをしようとして、その手《て》をとめた。

ドアの表面《ひょうめん》に、数《かぞ》えきれないくらいの御札《おふだ》がはってあったのだ。

ぼくが気《き》をとりなおして御札《おふだ》の上《うえ》からノックすると、

「おう、よく来《き》たな」

ガチャッとドアが開《あ》いて、和行《かずゆき》さんが顔《かお》を出《だ》した。

部屋《へや》にはいったぼくは、ポカンと口《くち》を開《あ》けた。

部屋《へや》の壁《かべ》はもちろん、天井《てんじょう》や窓《まど》にいたるまで、御札《おふだ》がびっしりとはられていたのだ。

「……これ、どうしたの？」

ぼくが天井《てんじょう》を見《み》あげながら聞《き》くと、和行《かずゆき》さんは胸《むね》をはって答《こた》えた。

「すごいだろ。みんなに協力《きょうりょく》してもらって、あちこちから集《あつ》めてきたんだ」

「そのお金《かね》を家賃《やちん》につかったら、もっといい部屋《へや》に住《す》めるんじゃない？」

ぼくがあきれてそう言《い》うと、

「大丈夫《だいじょうぶ》。もらったり、拾《ひろ》ったやつがほとんどで、お金《かね》はぜんぜんかかってないから」

和行《かずゆき》さんは、もっとあきれたことを口《くち》にした。

「拾《ひろ》ったって……」

ぼくは壁《かべ》の御札《おふだ》を順番《じゅんばん》に見《み》ていった。

「この御札《おふだ》、合格祈願《ごうかくきがん》って書《か》いてあるよ。こっちは交通安全《こうつうあんぜん》だし……これなんか、恋愛成就《れんあいじょうじゅ》じゃん」

悪霊退散《あくりょうたいさん》の御札《おふだ》もあるけど、よく見《み》ると、御札《おふだ》ではなく、安《やす》っぽいシールだった。

「まあまあ。下手《へた》な鉄砲《てっぽう》も数《かず》うちゃあたる、って言《い》うだろ」

和行《かずゆき》さんは、神様《かみさま》が聞《き》いたら怒《おこ》りだしそうなことを口《くち》にした。

「まあ、見《み》てなって。今晩《こんばん》さえ乗《の》りきれば、大丈夫《だいじょうぶ》なんだから」

緊張感《きんちょうかん》のない和行《かずゆき》さんの笑顔《えがお》を見《み》ているうちに、なんだかバカバカしくなってきて、ぼくは一人《ひとり》で家《いえ》に帰《かえ》った。

その日《ひ》の夜《よる》。

好《す》きにすればいいや、と思《おも》ってたんだけど、やっぱり気《き》になっていたのか、夜中《よなか》にふと目《め》を覚《さ》まして時計《とけい》を見《み》ると、ちょうど二時《じ》になるところだった。

電話《でんわ》をかけると、和行《かずゆき》さんはすぐに出《で》た。

「大丈夫《だいじょうぶ》？」

「大丈夫《だいじょうぶ》だよ。これだけ御札《おふだ》をはってるんだから……」

和行《かずゆき》さんがささやくような声《こえ》で答《こた》えかけたとき、

カン……カン……


電話《でんわ》のむこうから、鉄階段《てつかいだん》をのぼる音《おと》がはっきりと聞《き》こえてきた。

「や、やっぱり、逃《に》げた方《ほう》が……」

ぼくが声《こえ》の震《ふる》えをおさえながら言《い》うと、

「い、いや……大丈夫《だいじょうぶ》だから……」

和行《かずゆき》さんものどにひっかかったような声《こえ》で答《こた》えて、足音《あしおと》を数《かぞ》えだした。


カン……カン……カン……

「八……九……十……」

カン……カン……カン……トン

「十一……十二……十三……十四」

足音《あしおと》は、階段《かいだん》をのぼりきったところで、ぴたりとやんだ。

ぼくたちは息《いき》を殺《ころ》して、そのまましばらく耳《みみ》をすませていたけど、それっきり、なにも聞《き》こえてこなかった。

電話《でんわ》のむこうで、和行《かずゆき》さんが大《おお》きく息《いき》をはきだす音《おと》が聞《き》こえる。そして、

「ほらね——」

和行《かずゆき》さんがなにか言《い》いかけたとき、

コン、コン

だれかが和行《かずゆき》さんの部屋《へや》をノックした。

体中《からだじゅう》の毛《け》が一気《いっき》に逆立《さかだ》つ。

「……か、和行《かずゆき》さん」

「だ、だ、大丈夫《だいじょうぶ》……」

和行《かずゆき》さんはかすれた声《こえ》で言《い》った。

「たぶん、だれかが部屋《へや》をまちがえてるんだよ」

「こんな時間《じかん》に、まちがえてノックなんかするわけないだろ」

すると、ぼくたちの会話《かいわ》が聞《き》こえていたみたいに、

ドンドン……ドンドンドン……


はげしくドアをたたく音《おと》が聞《き》こえてきた。

「和行《かずゆき》さん、逃《に》げて」

ぼくは電話《でんわ》をにぎりなおして言《い》った。

「だけど……ほら、御札《おふだ》があるから、これ以上《いじょう》はきっと……」

和行《かずゆき》さんがそう言《い》いかけたとき、電話《でんわ》のむこうから、紙《かみ》をやぶるような、ビリビリビリ

という音《おと》と、和行《かずゆき》さんの「ヒッ」という悲鳴《ひめい》が同時《どうじ》に聞《き》こえてきた。

「どうしたの？　なにがあったの？」

「御札《おふだ》が……」

「御札《おふだ》がなに？」

「御札《おふだ》が勝手《かって》にはがれて……」

和行《かずゆき》さんの声《こえ》にかぶさるように、ベリベリベリという音《おと》は、どんどん大《おお》きくなっていく。

それはまるで、部屋中《へやじゅう》の御札《おふだ》をいっせいにはがしているような音《おと》だった。

その音《おと》がやんだかと思《おも》うと、次《つぎ》の瞬間《しゅんかん》、

バタンッ！


いきおいよくドアを開《あ》ける音《おと》と、和行《かずゆき》さんの長《なが》い長《なが》い悲鳴《ひめい》。

そして、なにも聞《き》こえなくなった。

「――和行《かずゆき》さん、大丈夫《だいじょうぶ》？」

おそるおそる呼《よ》びかけて、気配《けはい》をうかがっていると、笑《わら》いをふくんだ子《こ》どものような声《こえ》がかえってきた。

「そんなの、効《き》かないよ」

まるで耳元《みみもと》で直接話《ちょくせつはな》しかけられたみたいな、はっきりとした声《こえ》に、ぼくは思《おも》わず電話《でんわ》をほうりなげた。

それから、急《いそ》いで着《き》がえると、部屋《へや》を飛《と》びだした。

事情《じじょう》を説明《せつめい》しているひまがなかったので、父《とう》さんと母《かあ》さんには、

「和行《かずゆき》さんの様子《ようす》がおかしいから、見《み》にいってくる」

とだけメモをのこして、自転車《じてんしゃ》に飛《と》びのる。

いつもは二十分近《にじゅっぷんちか》くかかる道《みち》のりを、十分足《じゅっぷんた》らずでアパートに到着《とうちゃく》すると、自転車《じてんしゃ》をほうりだして階段《かいだん》をかけあがった。

ドアを開《あ》けると、部屋《へや》の中《なか》にあれだけはってあった御札《おふだ》は、すべてきれいにはがれおち、

和行《かずゆき》さんが部屋《へや》のまんなかで、白目《しろめ》をむいてぴくぴくとけいれんを起《お》こしていた。

ぼくはあわてて救急車《きゅうきゅうしゃ》を呼《よ》んだ。

救急車《きゅうきゅうしゃ》を待《ま》つあいだ、自分《じぶん》の家《いえ》に電話《でんわ》して、和行《かずゆき》さんの実家《じっか》にも連絡《れんらく》をしてもらう。

救急車《きゅうきゅうしゃ》に同乗《どうじょう》して、病院《びょういん》に到着《とうちゃく》すると、和行《かずゆき》さんはそのままどこかに運《はこ》ばれていった。

どれくらいの時間《じかん》がたったのだろう。

待合室《まちあいしつ》のベンチで、うとうとしていると、

「君《きみ》が連絡《れんらく》してくれたんだって？」

白衣《はくい》を着《き》たお医者《いしゃ》さんが声《こえ》をかけてきた。

「もう大丈夫《だいじょうぶ》だよ。発見《はっけん》が早《はや》かったおかげだ。ありがとう」

「よかった……」

体中《からだじゅう》から力《ちから》がぬける。

先生《せんせい》によると、あと数分《すうふん》、連絡《れんらく》が遅《おく》れていたら、あぶなかったらしい。

「それにしても、いったいなにが……」

先生《せんせい》は、ぼくのとなりに腰《こし》をおろしながらつぶやいた。

「どうしたんですか？」

「うん……」

先生《せんせい》はむずかしい顔《かお》で、首《くび》をひねりながら言《い》った。

「御札《おふだ》らしきものが、何十枚《なんじゅうまい》もまるめられて、のどにつまってたんだけどね……あれだけの枚数《まいすう》を、あんなに小《ちい》さくまるめられるなんて、人間《にんげん》の力《ちから》ではとても考《かんが》えられないんだ」

へ
運気上昇
家内安全

話《はなし》を聞《き》きおえて、わたしはブルッと身震《みぶる》いをした。

御札《おふだ》はひとりでにまるまって、和行《かずゆき》さんののどに飛《と》びこんだのだろうか。それとも、だれかが小《ちい》さくまるめて、口《くち》の中《なか》に押《お》しこんだのだろうか。

どちらにしても怖《こわ》いな、と思《おも》っていると、

「それじゃあ、次《つぎ》にいくよ」

言彦《ことひこ》さんはわたしの返事《へんじ》を待《ま》たずに、次《つぎ》の札《ふだ》を読《よ》んだ。


「と　遠《とお》くの親戚《しんせき》より近《ちか》くの幽霊《ゆうれい》」


「もともとは『遠《とお》くの親戚《しんせき》より近《ちか》くの他人《たにん》』といって、こまったときは遠《とお》くの親戚《しんせき》よりも、近《ちか》くに住《す》む他人《たにん》のほうが頼《たよ》りになるっていう意味《いみ》なんだけど……」

札《ふだ》を取《と》ったわたしは、ことわざの意味《いみ》よりも、言彦《ことひこ》さんのちょっとさびしげな表情《ひょうじょう》の方《ほう》が気《き》になった。

どうやら言彦《ことひこ》さんは、ここに一人《ひとり》で暮《く》らしているみたいだけど、家族《かぞく》や親戚《しんせき》はいるのだろうか……。

そんなことを考《かんが》えながら、言彦《ことひこ》さんの顔《かお》をじっと見《み》つめていると、

「どうしたの？」

言彦《ことひこ》さんが、不思議《ふしぎ》そうに首《くび》をかしげた。

「あ、えっと……言彦《ことひこ》さんって家族《かぞく》はいるのかな、と思《おも》って……」

わたしが頭《あたま》に浮《う》かんだことを、そのまま口《くち》に出《だ》すと、言彦《ことひこ》さんはわたしの顔《かお》を見《み》ながら、

「いるよ」とぽつりとつぶやいた。

「そうだな……朱里《あかり》さんは、ちょっと妹《いもうと》に似《に》てるかもしれないな」

「え？」

わたしがおどろいていると、

「これは、お母《かあ》さんとけんかした女《おんな》の子《こ》の話《はなし》なんだけどね……」

言彦《ことひこ》さんは、札《ふだ》に目《め》をもどして語《かた》りはじめた。

と　遠《とお》くの親戚《しんせき》より近《ちか》くの幽霊《ゆうれい》

ブロロロロ……。

青々《あおあお》とした田《た》んぼの中《なか》を、バスが遠《とお》ざかっていく。

わたしはその後《うし》ろ姿《すがた》を見《み》おくると、スポーツバッグを肩《かた》にかけなおして、まっ白《しろ》な陽射《ひざ》しの中《なか》を歩《ある》きだした。

中学《ちゅうがく》にはいって、最初《さいしょ》の夏休《なつやす》み。

わたしは一人《ひとり》で電車《でんしゃ》とバスを乗《の》りついで、佐竹《さたけ》のおばあちゃんの住《す》む村《むら》を訪《おとず》れていた。

見《み》わたすかぎり、田《た》んぼと家《いえ》ばかりで、まわりに高《たか》い建物《たてもの》がないせいか、空《そら》がすごく広《ひろ》く感《かん》じられる。

この村《むら》に来《く》るのは、幼稚園《ようちえん》のとき以来《いらい》なんだけど、なんだかなつかしい風景《ふうけい》だった。

お地蔵様《じぞうさま》の前《まえ》を通《とお》って、フェンス沿《ぞ》いの道《みち》をしばらく歩《ある》くと、むこうから小《ちい》さな人影《ひとかげ》が近《ちか》づいてくるのが見《み》えた。

「いらっしゃい、清美《きよみ》ちゃん」

「おばあちゃん」

おばあちゃんの笑顔《えがお》に、わたしは旅《たび》のつかれがスーッと消《き》えていくのを感《かん》じた。

佐竹《さたけ》のおばあちゃんは、じっさいにはわたしのおばあちゃんではなく、おばあちゃんのお姉《ねえ》さん――つまり、お母《かあ》さんのおばさんにあたる。

若《わか》いときに旦那《だんな》さんを亡《な》くして、息子《むすこ》さんが海外《かいがい》に転勤《てんきん》してしまってからは、この村《むら》に一人《ひとり》で暮《く》らしていた。

わたしが、日《ひ》ごろあまりつきあいのない佐竹《さたけ》のおばあちゃんのところに、一人《ひとり》でやってきたのは、お母《かあ》さんとのけんかが原因《げんいん》だった。

うちは、わたしが小学校《しょうがっこう》に上《あ》がる前《まえ》に離婚《りこん》した、いわゆる母子家庭《ぼしかてい》なんだけど、お母《かあ》さんとはそれなりに仲《なか》よくやってきたつもりだった。

ところが、中学《ちゅうがく》にはいったとたん、勉強《べんきょう》しろとうるさく言《い》うようになって、衝突《しょうとつ》することが多《おお》くなったのだ。

わたしも、はじめのうちはおとなしく言《い》うことを聞《き》いてたんだけど、だんだんストレスがたまってきて、ついに大《おお》げんかになった。

夏休《なつやす》みのあいだじゅう、ずっと家《いえ》でお母《かあ》さんと顔《かお》をつきあわせている気《き》にはなれないし、かといって、お母《かあ》さんの実家《じっか》に行《い》っても、おばあちゃんからいろいろ言《い》われるに決《き》まっている。

そこで候補《こうほ》にあがったのが、佐竹《さたけ》のおばあちゃんのところだったのだ。


「おばあちゃん、これなに？」

間口《まぐち》の小《ちい》さな平屋建《ひらやだ》ての玄関《げんかん》をくぐったところで、わたしはくつ箱《ばこ》の上《うえ》に置《お》いてある、なすびときゅうりを指《ゆび》さした。

まるで動物《どうぶつ》みたいに、わりばしが四本《ほん》さしてある。

「清美《きよみ》ちゃんは、精霊馬《しょうりょううま》を見《み》たことないんか？」

おばあちゃんは、おどろいたように言《い》った。

精霊馬《しょうりょううま》というのは、お盆《ぼん》のあいだのお供《そな》えもので、亡《な》くなった人《ひと》があの世《よ》からかえってくるときは、早《はや》くかえってこられるようにきゅうりの馬《うま》を、お盆《ぼん》が終《お》わってあの世《よ》にもどるときは、ゆっくりもどれるようになすびの牛《うし》を、お供《そな》えするのだそうだ。

奥《おく》の部屋《へや》に通《とお》されたわたしは、ジャージに着《き》がえて、携帯《けいたい》を取《と》りだした。

迷《まよ》った末《すえ》、お母《かあ》さんにメールで〈ぶじついた〉とだけ送《おく》って居間《いま》にもどると、食卓《しょくたく》の上《うえ》にはたくさんの料理《りょうり》がならんでいた。

「わー、おいしそう」

「田舎料理《いなかりょうり》やで、口《くち》にあうかどうかわからんけどな」

おばあちゃんがにこにこしながらそう言《い》ったとき、

「ただいまー」

玄関《げんかん》の方《ほう》から声《こえ》がして、陽《ひ》に焼《や》けた男《おとこ》の人《ひと》がはいってきた。

「散歩《さんぽ》はどうやった？」

おばあちゃんが声《こえ》をかけると、男《おとこ》の人《ひと》は汗《あせ》をふきながら、どかっとあぐらをかいた。

「一年《ねん》ぶりやからなあ。そんなにかわらんわ……お？　あんたが清美《きよみ》ちゃんか？」

「あ、はい。おじゃましてます」

わたしが反射的《はんしゃてき》に頭《あたま》をさげたとき、

「アキさん、ビールでええか？」

台所《だいどころ》から、おばあちゃんの声《こえ》がした。

だれだろう、と思《おも》っていたわたしは、それで納得《なっとく》した。おばあちゃんの息子《むすこ》さんの、明《あき》彦《ひこ》さんだ。夏休《なつやす》みで、日本《にほん》に帰《かえ》ってきているのだろう。

三人《にん》で食《た》べたおばあちゃんの料理《りょうり》は、どれもすごくおいしかった。

ごはんが終《お》わって、おばあちゃんが切《き》ってくれたスイカを食《た》べていると、

「清美《きよみ》ちゃん、お母《かあ》さんとけんかしたんやって？」

と、アキさんが聞《き》いてきた。

「そうなんです」

わたしはうなずいて、最近《さいきん》、お母《かあ》さんとけんかばかりしていることを話《はな》した。

わたしはグチのつもりで話《はな》したんだけど、

「ええなあ」

話《はなし》を聞《き》きおわったアキさんは、なぜかそんな感想《かんそう》を口《くち》にした。

「どうしてですか？」

わたしが口《くち》をとがらせると、

「けんかできるってことは、生《い》きてる証拠《しょうこ》やからな」

アキさんはスイカをほおばりながら、笑顔《えがお》で答《こた》えた。

それを聞《き》いて、わたしはハッとした。

早《はや》くにお父《とう》さんを亡《な》くしたアキさんは、お父《とう》さんとけんかすることもできないのだ。

「おうちに帰《かえ》ったら、ちゃんと仲《なか》なおりするんやで」

「――はい」

アキさんの言葉《ことば》に、わたしはなんだか、素直《すなお》にうなずくことができた。

次《つぎ》の日《ひ》。朝《あさ》ごはんを食《た》べて、のんびりしていると、玄関《げんかん》の方《ほう》から声《こえ》が聞《き》こえてきた。

のぞきにいくと、まっ黒《くろ》に陽焼《ひや》けしたおじいさんと、大《おお》きなスイカをかかえた男《おとこ》の子《こ》が立《た》っていた。

「ようさんとれたから、おすそわけや」

おじいさんの言葉《ことば》に、

「いつもすまんねえ」

おばあちゃんはスイカを受《う》けとると、わたしをふりかえった。

「お地蔵《じぞう》さんとこのむかいの吉村《よしむら》さん。一志《かずし》くんは、清美《きよみ》ちゃんと同《おな》い年《どし》やで」

「そうや、一志《かずし》。このへんを、案内《あんない》してきたったらどうや」

おじいさんの言葉《ことば》に、一志《かずし》くんはチラッとわたしを見《み》てから「ええよ」とうなずいた。

麦藁帽子《むぎわらぼうし》を借《か》りて表《おもて》に出《で》る。

陽射《ひざ》しははげしかったけど、空気《くうき》がカラッとしているせいか、なんだか気持《きも》ちのいい暑《あつ》さだった。

「一志《かずし》くんは、この村《むら》に住《す》んでるの？」

ならんで歩《ある》きながらわたしが聞《き》くと、一志《かずし》くんはなぜかおどろいたようにわたしを見《み》て、それから前《まえ》をむいて答《こた》えた。

「ここには、お盆《ぼん》のあいだだけかえってくるんだ」

「そうなんだ」

なんとなく、地元《じもと》の人《ひと》のような気《き》がしてたので、ちょっと意外《いがい》だった。

「えっと……清美《きよみ》さんは？」

「わたしは、十年《ねん》ぶりくらいかな」

力強《ちからづよ》い青空《あおぞら》を、飛行機雲《ひこうきぐも》がまっすぐに横切《よこぎ》っている。

前《まえ》に来《き》たときは、たしか冬休《ふゆやす》みだったから、夏《なつ》に来《く》るのははじめてかもしれない。

「一志《かずし》くんは、塾《じゅく》とか行《い》ってるの？」

わたしがふと思《おも》いついて聞《き》くと、

「塾《じゅく》？　いや、行《い》ったことないな」

一志《かずし》くんは首《くび》をふって、それからわたしの顔《かお》を見《み》た。

「清美《きよみ》さんは、行《い》ってるの？　すごいね」

「別《べつ》に、すごくはないけど……」

わたしは肩《かた》を落《お》としてうつむいた。

「どうしたの？」

一志《かずし》くんが、心配《しんぱい》そうにわたしの顔《かお》をのぞきこむ。

「うん……」

わたしは、ここに来《く》ることになった事情《じじょう》をかんたんに話《はな》した。

昨日《きのう》のアキさんもそうだけど、知《し》らない人《ひと》が相手《あいて》の方《ほう》が、心《こころ》にたまっていることを話《はな》しやすいのかもしれない。話《はなし》を聞《き》きおわると、一志《かずし》くんは、

「お母《かあ》さんと、早《はや》く仲《なか》なおりできるといいね」

そう言《い》って、にっこり笑《わら》った。

そのやさしい笑顔《えがお》に、わたしはなんだか心《こころ》があたたかくなるのを感《かん》じた。

しばらく歩《ある》くと、道《みち》はゆるやかなのぼり坂《ざか》になった。蝉《せみ》の声《こえ》にかこまれながら進《すす》んでいくと、とつぜん視界《しかい》がひらけて、わたしは歓声《かんせい》をあげた。

「すごーい」

小高《こだか》い丘《おか》から、村《むら》が一望《いちぼう》できる。

遠《とお》くで海《うみ》が、太陽《たいよう》の光《ひかり》を受《う》けて、キラキラとかがやいていた。

わたしがその景色《けしき》にみとれていると、どこからか太鼓《たいこ》の音《おと》が聞《き》こえてきた。

「なんの音《おと》？」

「今晩《こんばん》、近《ちか》くの神社《じんじゃ》でお祭《まつ》りがあるんだ」

「へーえ」

お祭《まつ》りなんて、しばらく行《い》ってないな、と思《おも》っていると、一志《かずし》くんがわたしの顔《かお》を見《み》て言《い》った。

「よかったら、いっしょに行《い》かない？」


夕暮《ゆうぐ》れがはじまった空《そら》の下《した》、わたしと一志《かずし》くんは浴衣姿《ゆかたすがた》で、神社《じんじゃ》にむかって歩《ある》いていた。

オレンジ色《いろ》の暖《あたた》かい灯《あか》りと人《ひと》のざわめきが、じょじょに近《ちか》づいてくる。

気《き》がつくと、道《みち》の左右《さゆう》には隙間《すきま》なく屋台《やたい》がならんで、たくさんの人《ひと》たちが行《い》き来《き》していた。

「いつもは人《ひと》の少《すく》ない村《むら》だけど、この時期《じき》だけは、みんなかえってくるんだ」

一志《かずし》くんがうれしそうに、屋台《やたい》を見《み》まわす。

やきそば、いか焼《や》き、りんごアメ……。

わたしたちは食《た》べ物《もの》を買《か》いこむと、縁石《えんせき》に腰《こし》かけて、昼間《ひるま》の話《はなし》の続《つづ》きをした。

中学生《ちゅうがくせい》になったとたん、お母《かあ》さんが勉強《べんきょう》のことをうるさく言《い》いだしたのは、わたしに苦《く》労《ろう》してほしくないから。

わたしのことを心配《しんぱい》してくれてるのは、わかってるんだけど……。

わたしがそんな思《おも》いを口《くち》にすると、

「わかってるなら、それを言葉《ことば》にしないと」

りんごアメを片手《かたて》に、一志《かずし》くんはさとすように言《い》った。

「でも……」

反論《はんろん》しようとするわたしの言葉《ことば》をさえぎって、一志《かずし》くんは続《つづ》けた。

「もしけんかをしたまま、どっちかが車《くるま》にはねられたり、川《かわ》でおぼれたりして、死《し》んじゃったらどうするの？　そうなったら、話《はな》したくても話《はな》せないんだよ」

「まさか、そんなこと……」

わたしは笑《わら》ってごまかそうとしたけど、一志《かずし》くんの真剣《しんけん》な目《め》に、言葉《ことば》をのみこんだ。

「帰《かえ》ったら、ちゃんと仲《なか》なおりする」

わたしがそう言《い》うと、一志《かずし》くんはようやく笑顔《えがお》を見《み》せた。

お祭《まつ》りの帰《かえ》り道《みち》。家《いえ》の前《まえ》まで送《おく》ってくれた一志《かずし》くんに、

「今日《きょう》はどうもありがとう。楽《たの》しかった」

わたしがお礼《れい》を言《い》うと、一志《かずし》くんは照《て》れたように頭《あたま》をかいて、

「また、来年《らいねん》も来《き》てくれるかな?」

と言《い》った。

「うん」

わたしがうなずくと、一志《かずし》くんは笑顔《えがお》になって、手《て》をふりながら去《さ》っていった。


次《つぎ》の日《ひ》は、朝《あさ》からなんだかいそがしかった。

おばあちゃんは食材《しょくざい》を買《か》いこんで、夕食《ゆうしょく》の下《した》ごしらえをしているし、アキさんはまるで大工《だいく》さんみたいに、家《いえ》のあちこちを修理《しゅうり》している。

その日《ひ》の晩《ばん》ごはんは、びっくりするくらい豪華《ごうか》だった。

まだ外《そと》の明《あか》るいうちからはじまった食事《しょくじ》は、すごくおいしくて、楽《たの》しかったんだけど、

食事《しょくじ》がすすむにつれて、二人《ふたり》の口数《くちかず》がだんだん少《すく》なくなっていくことに、わたしは気《き》づいていた。

「——そろそろやな」

暗《くら》くなりはじめた窓《まど》の外《そと》を見《み》て、アキさんがつぶやく。

「そうですね」

おばあちゃんは、ため息《いき》をついて腰《こし》をあげると、玄関先《げんかんさき》の道《みち》の上《うえ》に小《ちい》さなお皿《さら》を置《お》いて、細《ほそ》い木《き》の枝《えだ》みたいなものをならべた。

なんだろう、と思《おも》っていると、

「これは、オガラとゆうてな。仏《ほとけ》さんが道《みち》に迷《まよ》わんように焚《た》くもんなんや」

おばあちゃんはそう言《い》って、火《ひ》をつけた。

お盆《ぼん》のはじまりに玄関先《げんかんさき》でオガラを焚《た》くことを、迎《むか》え火《び》といって、その煙《けむり》を目印《めじるし》にして、亡《な》くなった人《ひと》がかえってくるらしい。

そして、お盆《ぼん》の終《お》わりに送《おく》り火《び》を焚《た》くことで、その煙《けむり》を道《みち》しるべにして、あの世《よ》にもどっていくのだそうだ。

「だったら、お盆《ぼん》が終《お》わっても送《おく》り火《び》を焚《た》かなかったら、ずっとこの世《よ》にいるのかな？」

わたしがふとつぶやくと、

「そういうわけにはいかんのや。ずっとこっちにおると、迷《まよ》ってしまうからな」

おばあちゃんは、泣《な》き笑《わら》いのような表情《ひょうじょう》を浮《う》かべた。そして、アキさんにむかって、

「そのうち、わたしがそっちに行《い》きますからね」

と言《い》った。

「そしたら、迎《むか》え火《び》を焚《た》くもんがおらんようになるぞ」

アキさんがこまったような顔《かお》で言《い》うと、

「そのときは、清美《きよみ》ちゃんに頼《たの》みましょう」

おばあちゃんは笑《わら》って答《こた》えた。そんな二人《ふたり》のやり取《と》りに、

「おばあちゃん、外国《がいこく》に行《い》っちゃうの？」

わたしが口《くち》をはさむと、

「そうやないよ」

アキさんは苦笑《にがわら》いを浮《う》かべて、空《そら》へとたちのぼる煙《けむり》を見《み》あげた。そして、

「お母《かあ》さんと、仲《なか》よくな」

そう言《い》って、わたしの頭《あたま》に手《て》をおくと、おばあちゃんと見《み》つめあって、そのままスーッと、まるで煙《けむり》が薄《うす》れるように消《き》えていった。

わたしがあっけにとられていると、

「びっくりしたか？」

おばあちゃんが声《こえ》をかけてきた。そして、アキさんは息子《むすこ》の明彦《あきひこ》さんではなく、若《わか》くして亡《な》くなった、おばあちゃんの夫《おっと》の明憲《あきのり》さんだったのだと教《おし》えてくれた。

「清美《きよみ》ちゃんが、明彦《あきひこ》とかんちがいしてるのはわかってたんやけどな。信《しん》じてもらえんやろうと思《おも》って、なかなか言《い》いだせんかったんよ」

おばあちゃんは、この村《むら》のお盆《ぼん》には特別《とくべつ》な力《ちから》があって、迎《むか》え火《び》を焚《た》くと、お盆《ぼん》のあいだだけ亡《な》くなった人《ひと》が昔《むかし》の姿《すがた》でかえってきて、いっしょに生活《せいかつ》することができるのだと教《おし》えてくれた。

話《はなし》をようやく理解《りかい》したわたしは、ハッとして家《いえ》を飛《と》びだした。

一志《かずし》くんの家《いえ》にかけこむと、玄関《げんかん》の前《まえ》ではおじいさんが、一人《ひとり》で送《おく》り火《び》を焚《た》いていた。

おじいさんは、わたしに気《き》づいて顔《かお》を上《あ》げると、

「だまってて、すまんかったね」

そう言《い》って、一志《かずし》くんは三年前《ねんまえ》の夏休《なつやす》み、この村《むら》に遊《あそ》びにきたときに、川《かわ》でおぼれて亡《な》くなったのだと教《おし》えてくれた。

一志《かずし》くんのご両親《りょうしん》は、お寺《てら》でお経《きょう》をあげてもらっているらしい。

「わしは、ここから一志《かずし》を見《み》おくってやろうと思《おも》ってな……」

そう言《い》って、空《そら》を見《み》あげるおじいさんのとなりで、わたしは煙《けむり》の消《き》えていく先《さき》を見《み》つめた。

家《いえ》にもどると、おばあちゃんは玄関《げんかん》の前《まえ》で、暮《く》れはじめた空《そら》を見《み》あげていた。

「来年《らいねん》もまた、お盆《ぼん》に来《き》てもいいかな？」

わたしが聞《き》くと、おばあちゃんはにっこり笑《わら》ってうなずいた。

まだかすかに残《のこ》る煙《けむり》のゆくえを見《み》つめながら、来年《らいねん》はお母《かあ》さんといっしょに来《き》て、お母《かあ》さんと仲《なか》なおりしたことを、アキさんや一志《かずし》くんに報告《ほうこく》しよう——そう思《おも》った。

と

話《はなし》が終《お》わって、ふと気《き》がつくと、言彦《ことひこ》さんがわたしの顔《かお》をじっと見《み》つめていた。

どうしたんだろう、と思《おも》っていると、言彦《ことひこ》さんは静《しず》かな声《こえ》で言《い》った。

「どうして泣《な》いてるの？」

「え？」

わたしは自分《じぶん》のほおに手《て》をやった。冷《つめ》たいものが、指《ゆび》にふれる。

どうやら、話《はなし》を聞《き》きながら、いつの間《ま》にか泣《な》いていたらしい。

お母《かあ》さんとけんかをして、家《いえ》を飛《と》びだしたはずだったけど、今《いま》は早《はや》く帰《かえ》ってお母《かあ》さんの顔《かお》が見《み》たかった。そんな気持《きも》ちが、清美《きよみ》ちゃんと重《かさ》なったのかもしれない。

「家《いえ》に帰《かえ》りたい」

わたしは、ぽつりとつぶやいた。

言彦《ことひこ》さんは、しばらくだまってわたしを見《み》つめていたけど、やがて、

「朱里《あかり》さんに泣《な》かれると、なんだか妹《いもうと》に泣《な》かれてるみたいだな」

そう言《い》って、ため息《いき》をついた。

「本当《ほんとう》は、一度《いちど》カルタをはじめたら、最後《さいご》までやらないといけないんだけど……」

そこで言葉《ことば》を切《き》って、わたしの肩《かた》ごしに目《め》をむける。

視線《しせん》の先《さき》を追《お》ってふりかえったわたしは、あっ、と声《こえ》をあげた。

さっきまで白《しろ》い壁《かべ》だったところに、両開《りょうびら》きの扉《とびら》があらわれていたのだ。

「いろはにほへと……札《ふだ》を七枚取《まいと》ったから、七日間《なのかかん》だけ帰《かえ》してあげるよ」

言彦《ことひこ》さんは微笑《ほほえ》みを浮《う》かべてそう言《い》うと、低《ひく》い声《こえ》でつけくわえた。

「言《い》っておくけど、これで終《お》わりじゃないからね。七日後《なのかご》に帰《かえ》ってくるんだよ」


ずいぶん長《なが》いあいだ、蔵《くら》の中《なか》にいたような気《き》がしたけど、家《いえ》に帰《かえ》って時計《とけい》を見《み》ると、家《いえ》を飛《と》びだしてから、一時間《じかん》ほどしかたっていなかった。

あの蔵《くら》の中《なか》は、時間《じかん》の流《なが》れがちがうのかもしれない。

「ただいま」

台所《だいどころ》に立《た》つお母《かあ》さんの背中《せなか》に、わたしはそっと声《こえ》をかけた。

「あの……ウソつきなんて言《い》って、ごめんなさい」

わたしが息《いき》をつめて返事《へんじ》を待《ま》っていると、お母《かあ》さんはふりかえって、笑顔《えがお》で首《くび》をふった。

「プレゼントのことは、またゆっくりと話《はな》しあいましょ。ほら、早《はや》く手《て》を洗《あら》って、ごはんの準備《じゅんび》手伝《てつだ》って」

「うん」

わたしはホッとして、体中《からだじゅう》の息《いき》をはきだすと、軽《かる》い足取《あしど》りで洗面所《せんめんじょ》へとむかった。

その日《ひ》のメニューは、わたしの大好《だいす》きなクリームシチューだった。


ごはんのあと、わたしはお母《かあ》さんのパソコンをかりて、リビングのテーブルで綾部家《あやべけ》について調《しら》べてみた。

綾部家《あやべけ》は、明治時代《めいじじだい》に繊維業《せんいぎょう》で財《ざい》を築《きず》いた一族《いちぞく》で、大正《たいしょう》から昭和《しょうわ》にかけて大《おお》きく発展《はってん》したんだけど、戦後《せんご》、繊維業《せんいぎょう》の衰退《すいたい》とともに、いきおいを失《うしな》っていったらしい。

調《しら》べていくうちに、あるものを発見《はっけん》して、わたしは思《おも》わず「あっ」と声《こえ》をあげた。

地元《じもと》の歴史《れきし》を調《しら》べている人《ひと》が、ホームページに綾部家《あやべけ》の古《ふる》い家族写真《かぞくしゃしん》をのせていたんだけど、その中《なか》に、言彦《ことひこ》さんそっくりの男《おとこ》の子《こ》が写《うつ》っていたのだ。

解説《かいせつ》によると、この写真《しゃしん》が撮《と》られたのは、今《いま》からおよそ百年前《ひゃくねんまえ》。

顔《かお》はもちろん、着《き》ている着物《きもの》まで、言彦《ことひこ》さんとまったく同《おな》じだった。

言彦《ことひこ》さんは、やっぱり幽霊《ゆうれい》だったのだろうか――わたしがぼうぜんとしていると、

「あら、綾部《あやべ》さんの写真《しゃしん》じゃない？　どうしたの？」

ちょうど後《うし》ろを通《とお》りかかったお母《かあ》さんが、足《あし》をとめてパソコンをのぞきこんだ。

「え？　知《し》ってるの？」

「知《し》ってるもなにも、綾部《あやべ》さんは、うちの親戚《しんせき》よ」

「ええっ？」

わたしはびっくりして、いすの上《うえ》で飛《と》びあがった。

「親戚《しんせき》って……そんなの聞《き》いたことないよ」

「まあ、親戚《しんせき》といっても、ほとんどつきあいはないからね」

お母《かあ》さんは身《み》をのりだすと、男《おとこ》の子《こ》のとなりで微笑《ほほえ》む女《おんな》の子《こ》を指《ゆび》さした。

「この女《おんな》の子《こ》が、お母《かあ》さんのおばあちゃん――つまり、あなたのひいおばあちゃんにあたるのよ」

わたしはまばたきをくりかえした。

こんな大《おお》きな家《いえ》と親戚《しんせき》だなんて、そんなの、今《いま》まで聞《き》いたことがない。

だけど、よく考《かんが》えてみれば、わたしはおばあちゃんの実家《じっか》だって、どこにあるか知《し》らないのだ。ひいおばあちゃんの実家《じっか》のことなんて、知《し》ってるわけがない。

「ねえ。この子《こ》のこと、知《し》ってる？」

わたしはそういって、写真《しゃしん》の男《おとこ》の子《こ》の顔《かお》を指《ゆび》さした。お母《かあ》さんは、パソコンに顔《かお》を近《ちか》づけて、しばらく記憶《きおく》をさぐっていたけど、

「ひいおばあちゃんのお兄《にい》さんじゃないかしら。たしか、十二歳《さい》か十三歳《さい》ぐらいのときに、神《かみ》かくしにあったって聞《き》いたような気《き》がするけど……」

と言《い》った。

「神《かみ》かくし？」

「行方不明《ゆくえふめい》のことよ。ある日《ひ》、とつぜんいなくなっちゃったんだって。誘拐《ゆうかい》されたとか、事故《じこ》にあったんじゃないかとか、いろいろ言《い》われたんだけど、結局《けっきょく》見《み》つからなかったそうよ」

わたしはあらためて、写真《しゃしん》を見《み》なおした。

それじゃあ、もしかして言彦《ことひこ》さんは、百年《ひゃくねん》ものあいだ、ずっと蔵《くら》にとらわれていたのだろうか……。

「ぼく一人《ひとり》なんだ」

そう言《い》って、さみしそうに目《め》をふせる言彦《ことひこ》さんの顔《かお》が頭《あたま》に浮《う》かぶ。

そういえば、言彦《ことひこ》さんはわたしの顔《かお》を見《み》て、妹《いもうと》を思《おも》いだすと言《い》っていた。

写真《しゃしん》の中《なか》で、男《おとこ》の子《こ》のとなりで笑《わら》っている、わたしに似《に》た女《おんな》の子《こ》の姿《すがた》を見《み》ながら、わたしは複雑《ふくざつ》な思《おも》いでため息《いき》をついた。


一週間後《いっしゅうかんご》の日曜日《にちようび》。

お昼《ひる》ごはんを食《た》べたわたしは、学校《がっこう》へとむかっていた。

月曜日《げつようび》に提出《ていしゅつ》しないといけない宿題《しゅくだい》を、教室《きょうしつ》に忘《わす》れてきてしまったのだ。

警備員《けいびいん》さんに校舎《こうしゃ》にいれてもらって、階段《かいだん》をのぼりながら、わたしは言彦《ことひこ》さんの言葉《ことば》を思《おも》いだしていた。

カルタを中断《ちゅうだん》したあの日《ひ》から、今日《きょう》でちょうど七日《なのか》になる。

あの蔵《くら》にもどるのは怖《こわ》いけど、約束《やくそく》を守《まも》らないのはもっと怖《こわ》いし……。

とりあえず宿題《しゅくだい》をやってから考《かんが》えよう――プリントをカバンにいれて、教室《きょうしつ》を出《で》ようとしたわたしの目《め》の前《まえ》で、ドアがいきおいよくピシャリと閉《し》まった。

「え？」

取《と》っ手《て》に手《て》をかけて開《あ》けようとするけど、鍵《かぎ》がかかってるわけでもないのに、びくともしない。

わたしがぼうぜんとしていると、

「ひどいなあ。約束《やくそく》したのに」

後《うし》ろから、聞《き》き覚《おぼ》えのある声《こえ》が聞《き》こえてきた。

ふりかえると、着物姿《きものすがた》の言彦《ことひこ》さんが、あの木箱《きばこ》を手《て》にして、にやりと笑《わら》って立《た》っていた。

おわり

集英社みらい文庫

怪談《かいだん》いろはカルタ
急《いそ》がばまわれど逃《に》げられず

緑川聖司《みどりかわせいじ》 作
紅緒《べにお》 絵

ファンレターのあて先
〒101-8050 東京都千代田区一ツ橋2-5-10 集英社みらい文庫編集部
いただいたお便りは編集部から先生におわたしいたします。

2016年12月27日 第1刷発行

発行者 北畠輝幸
発行所 株式会社 集英社
〒101-8050 東京都千代田区一ツ橋2-5-10
電話 編集部 03-3230-6246
読者係 03-3230-6080
販売部 03-3230-6393(書店専用)
http://miraibunko.jp
装丁 中島由佳理
印刷 大日本印刷株式会社 凸版印刷株式会社
製本 大日本印刷株式会社

ISBN978-4-08-321350-2 C8293 N.D.C.913 186P 18cm

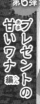

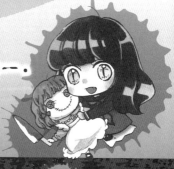

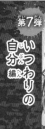

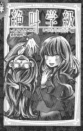

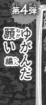

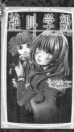

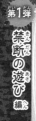

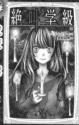

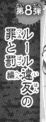

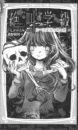

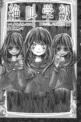

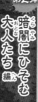

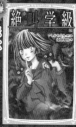

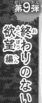

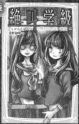

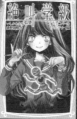

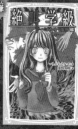

集英社みらい文庫

絶叫学級《ぜっきょうがっきゅう》

いしかわえみ・原作／絵　桑《くわ》野《の》和《かず》明《あき》・著

第《だい》10弾《だん》
悪《あく》夢《む》の花《はな》園《ぞの》編《へん》

第《だい》11弾《だん》
いじめの結《けつ》末《まつ》編《へん》

第《だい》12弾《だん》
家《か》族《ぞく》のうらぎり編《へん》

第《だい》13弾《だん》
不《ふ》幸《こう》を呼《よ》ぶ親《しん》友《ゆう》編《へん》

第《だい》14弾《だん》
死《し》を招《まね》く都《と》市《し》伝《でん》説《せつ》編《へん》

第《だい》15弾《だん》
呪《のろ》われた初《はつ》恋《こい》編《へん》

第《だい》16弾《だん》
満《み》たされないココロ編《へん》

第《だい》17弾《だん》
笑《え》顔《がお》の裏《うら》の本《ほん》音《ね》編《へん》

命《いのち》がけにつき!

まばたき禁《きん》止《し》のスリル!

キミにこの謎《なぞ》がとけるかな？

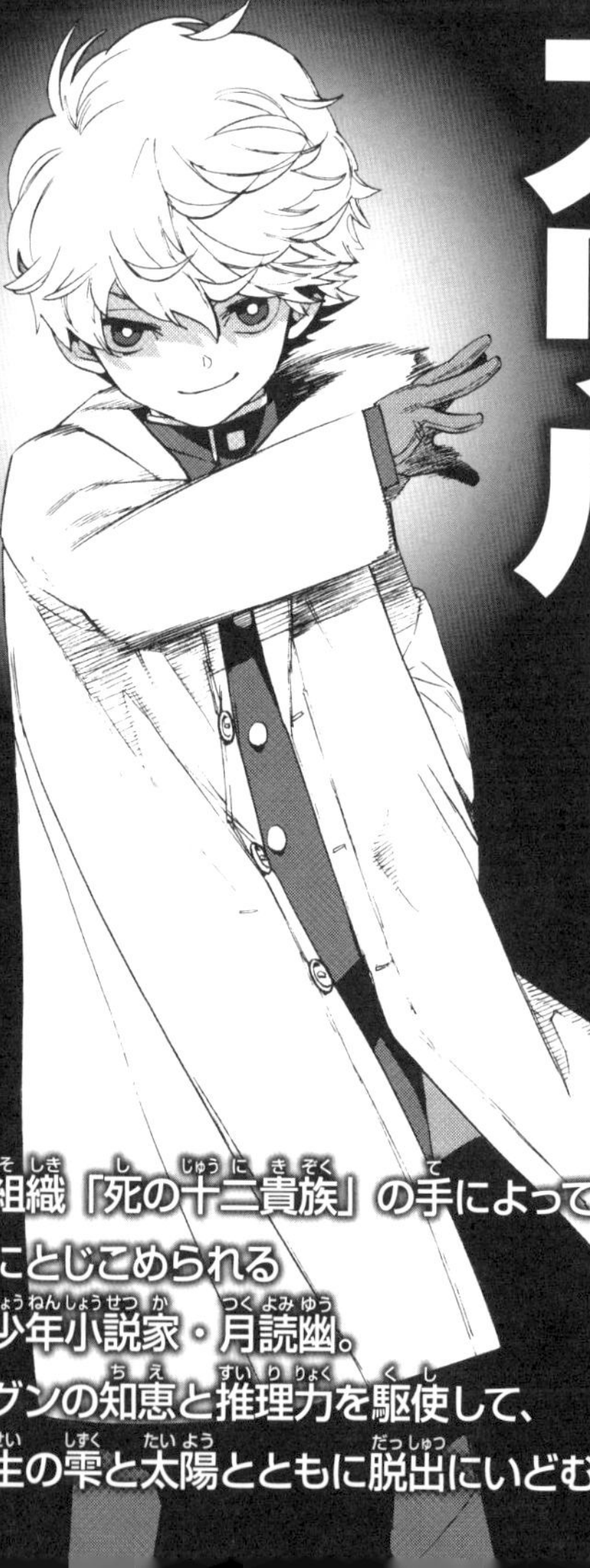

犯罪組織《はんざいそしき》「死《し》の十二貴族《じゅうにきぞく》」の手《て》によって
密室《みっしつ》にとじこめられる
天才少年小説家《てんさいしょうねんしょうせつか》・月読幽《つくよみゆう》。
バツグンの知恵《ちえ》と推理力《すいりりょく》を駆使《くし》して、
同級生《どうきゅうせい》の雫《しずく》と太陽《たいよう》とともに脱出《だっしゅつ》にいどむ!

「みらい文庫《ぶんこ》」読者《どくしゃ》のみなさんへ

言葉《ことば》を学《まな》ぶ、感性《かんせい》を磨《みが》く、創造力《そうぞうりょく》を育《はぐく》む……、読書《どくしょ》は「人間力《にんげんりょく》」を高《たか》めるために欠《か》かせません。たった一枚《いちまい》のページをめくる向《む》こう側《がわ》に、未知《みち》の世界《せかい》、ドキドキのみらいが無限《むげん》に広《ひろ》がっている。これこそが「本《ほん》」だけが持《も》っているパワーです。

学校《がっこう》の朝《あさ》の読書《どくしょ》に、休《やす》み時間《じかん》に、放課後《ほうかご》に……。いつでも、どこでも、すぐに続《つづ》きを読《よ》みたくなるような、魅力《みりょく》に溢《あふ》れる本《ほん》をたくさん揃《そろ》えていきたい。読書《どくしょ》がくれる、心《こころ》がきらきらしたり胸《むね》がきゅんとする瞬間《しゅんかん》を体験《たいけん》してほしい、楽《たの》しんでほしい。みらいの日本《にほん》、そして世界《せかい》を担《にな》うみなさんが、やがて大人《おとな》になった時《とき》、「読書《どくしょ》の魅力《みりょく》を初《はじ》めて知《し》った本《ほん》」「自分《じぶん》のおこづかいで初《はじ》めて買《か》った一冊《いっさつ》」と思《おも》い出《だ》してくれるような作品《さくひん》を一所懸命《いっしょけんめい》、大切《たいせつ》に創《つく》っていきたい。

そんないっぱいの想《おも》いを込《こ》めながら、作家《さっか》の先生方《せんせいがた》と一緒《いっしょ》に、私《わたし》たちは素敵《すてき》な本作《ほんづく》りを続《つづ》けていきます。「みらい文庫《ぶんこ》」は、無限《むげん》の宇宙《うちゅう》に浮《う》かぶ星《ほし》のように、夢《ゆめ》をたたえ輝《かがや》きながら、次々《つぎつぎ》と新《あたら》しく生《う》まれ続《つづ》けます。

本《ほん》を持《も》つ、その手《て》の中《なか》に、ドキドキするみらい――。

本《ほん》の宇宙《うちゅう》から、自分《じぶん》だけの健《すこ》やかな空想力《くうそうりょく》を育《そだ》て、〝みらいの星《ほし》〟をたくさん見《み》つけてください。

そして、大切《たいせつ》なこと、大切《たいせつ》な人《ひと》をきちんと守《まも》る、強《つよ》くて、やさしい大人《おとな》になってくれることを心《こころ》から願《ねが》っています。

2011年《ねん》　春《はる》

集英社《しゅうえいしゃ》みらい文庫《ぶんこ》編集部《へんしゅうぶ》